出会いとシンクロ

亀田 孝男
KAMEDA Takao

文芸社

目次

《創　作》

《日々断片》

《創　作》

青い水中メガネ

直径10㎝ほどの丸い薄板ガラスの新品の青い水中メガネを、顔に跡が付くぐらいしっかり押しつける。小学5年生の顔からはみ出しそうだが、昨日のお風呂場での試しでは水は入らなかったのだ。学校で決められた川での遊泳時間は午後1時～3時。まだ4時間もあるというのにソワソワ、ドキドキしているので、夏休みの朝の勉強に身が入らない。というのも昨晩、父親が買ってきてくれた青い水中メガネを早く川で使ってみたいからだ。さすがにラジオ体操には持って行かなかったが、朝ご飯を食べてからというものの、宿題の『夏休みの友』は机に広げたままで1ページも進んでいない。水中メガネを顔に着けては、畳の上で器用に泳いでいる。優に1㎞は遠泳しているだろう。

「ヨシオ、ちゃんと勉強してるんか?」

隣の部屋から母親の疑っているような声が飛んできた。

「やってるよー。ちょっと疲れたー。休憩」

「もうダメだ。待ってられない」

昼ご飯もそこそこに、川に行くことにした。すでに海水パンツははいている。上半身はランニングシャツのみ。青い水中メガネをバスタオルで丁寧に包んでビニールカバンに入れて、水泳場まで5分のダッシュ。着いたら一番にヨモギの葉を摘み取り、水中メガネのガラスの両面をきつく磨くこと。唾を塗るだけよりも絶対に曇らない筈だし、後ろの太いゴムも強めに締めよう。川底は滑りやすいけれど、今日はマンテン草履（ビーチサンダル）を履いてきているので安心だと自分に言い聞かせ、準備体操を始める。かなり時間をかけて体操をしたつもりだったが、実際は少しフライングして浅瀬に足をつける。

「ひゃー、冷たい！」

最初は我慢だ。すぐに身体が慣れて気にならなくなる。髪の毛を濡らしてから、青い水中メガネをかけてしっかり顔に押し付ける。そして裸の胸まで川の中に入り、1、2の3で膝を曲げて頭の先まで勢いよく水に沈める。すると、さっきまでギラギラしていた真昼の真夏の太陽はぼやけて揺らいでいるし、目と鼻の先に浮かんでいた白地に青いラインの貸しボートも、川下の10ｍの高さにある鮮やかなオレンジ色の鉄骨の橋も霞んでいる。幅50ｍほどの川の両側に聳え立つ杉の山々は、全く見えなくなった。同時に夏祭りなのでスピーカーからだるい調子で繰り返し流れていた『吉野川音頭』も、ミンミンゼミの鳴き声もすっかり遠のいた。なんて静かなんだ。さらに火照っていた身体が冷えて心地よい。けれど、目の前の僕の利き腕の左手は産毛までよく見えるのだが、１ｍ下の足元の川底が見えにくい。もう少し深く膝を折って、下に突き出した掌が川底の小石を覆う水苔に触れると、おー、よく見えてきたぞ。あ！　ゴリキ（ハゼの仲間）が1匹。白っぽい石と茶色っぽい石の隙間からクリッとした目の可愛い顔を出している。体長３㎝の筈だが、水中では倍以上の大きさに見えるのでちょっと不気味だ。ここは川の流れが緩やかなので流される心配がないのだろう。ゴリキの体の模様まで鮮明に見える。水中メガネなしで潜っているのと大違いの、憧れの別世界だ。ただし、水の中は２ｍ先も見えないなあ。水が澄んでいればもう少しは見えるのだけど、人が大勢入っている水泳場では無理だな。ハイジャコ（オイカワ）やウグイもいないし、まして鮎などに会えるとは思えない。こんなに広いけれど視界は悪い。声も聞こえない。水族館のようにすべてが手の届くところで鮮明に見ることはできない。この思うようにはならない不自由さも自然だなあ。

むむ、もう息が苦しくなってきた。そろそろ息継ぎしないともたないのか？　しかし、まだ潜ってから1分も経ってないのに、魚が羨ましい。せめて2分ぐらい息を止めていられるようにならないと、水中をのんびり泳ぎ回れないなあ。

「あ！　ゴリキが消えた！」

「邪魔、邪魔！　退け、退け！」川底の小石を蹴散らす濁流のごとく、2人の中学生が目の前をスローモーションさながら走って行った。追いかけっこしているのか、遅れて後ろの1人が「待て、待て、待てー！　返せやー！」とわめいている。どうやら自慢の黒の3本線の入った白い水泳帽を盗られたようだ（中学生の水泳帽は白地の上に、1本、2本、3本の黒い線でランク付けされてあり、本数が多いほど泳ぎが上手な印だ）。

ここはしばらくの間、魚は寄って来ないから人の少ないところへ移動した方がよさそうだけど、その前に少し甲羅干しをしておこう。川から上がり、保護者のいるパラソルの傍の平らな砂場にバスタオルを広げてうつ伏せになる。この時間がたまらない。冷えた身体が徐々に回復して温まり、力が漲ってくるし、同時に日焼けもしてくれる。やりすぎると火傷になるが、海辺でのような大火傷にはならない。左耳に水が入っていたので、熱くなった石を当てるとすぐ取れる。ジュワッという音がして、これも快感だ。しばらく目をつむっていると、スピーカーから三波春夫の『東京五輪音頭』が流れてきた。そういえばあと2ヶ月ほどでオリンピックが東京で始まるなあ。アジアで初めての開催だけど、期待できるのは、体操とバレーボールと柔道ぐらいかな。他はよく知らない。前回大会がローマだということも知らなかった。東京五輪音頭の歌詞が教えてくれた。

それよりも興味があるのは、東海道新幹線「ひかり号」だ。東京から新大阪間までをたった4時間で走ってしまう。車の時速１００kmでも凄いスピードなのに、２００kmってどんなんだろう。一度見てみたいし乗ってもみたいし、東京ってどんなところ？　行ってみたいけれど、当分無理だな。いつのことになるやら。

うとうとしていると、さっきのゴリキの顔を思い出した。奴は、青い水中メガネの奥の僕の目を見ただろうか。何故消えた？　足音に驚いたのだろうか、それとも水の濁りを見た？　水の動きを感じた？　どんなセンサーが働いているのだろう。石の下に隠れたのか、遠く人のいない川上の急な流れの岩穴に逃げたのか。川下は、左手には旅館所有の屋形船が2艘繋がれているので、人は多い。夕方からは鵜飼も始まるようだ。早くも浴衣着の人がうろうろしている。右手の向こう岸には、鵜の籠が6つ並んでいる。5分経ってから、50ｍ先の川上の岩場の方に向かおう。

水泳場の川上の端は、それまでの急流が90度ほど大きく曲がって広がる地形で、深く緩い流れに変わっている。そこからの川下のオレンジ色の橋までの２００ｍは、絶好の泳ぎと鵜飼の場になっている。その川上の流れの右端は、水が澄んでいて小魚を手摑みできる岩場が散在している。川上の右奥はススキが一面に広く生い茂っており、その先には、県立Y高校のグラウンドと校舎が山裾にある。夏休み中の合宿だろうか、ラグビー部のごっつい部員たちの吠え声が聞こえてきている。

「危なかったー。もう少しで尾ひれを踏んづけられるとこだったなあ。くわばら、くわばら。それにしても今日は人が多いし、いつも以上の騒がしさだ。ここなら少し浅いけど急流の岩の影だから大丈夫かな。一休みだ。あれー？　岩の川底の近くに大きな穴があるぞ。どれどれウナギでも棲(す)んでる？」

かのゴリキは入口まで近づくと、暗闇の奥からドクンドクンと鼓動が響いてきた。

「わ！　ナマズの主(ぬし)の睡眠中だ。ヤバイ！」

そうっと後退りする。

「水の流れる滑らかな音が心地よいのかな。あ！　向こうから仲間の皆も退散してくるぞ」

先頭がたどり着いた。

「おーい、皆！　川上のここは水が澄んでいるから良さそうだ。お！　来ていたのか」

「ああ、さっきな。おっと、岩穴の奥に主がいるから注意しろよ」

「え？　けど、岩穴の入口からは見えないなあ。かなり深そうだ。おーい、皆！　主がいなさるってよー。静かにな！」

「じろじろ覗くんじゃないよ。睡眠中だよ。起こすなよ。ところで、しばらくあっちには戻れないよな。どうする？　ここの水は澄んでいるけど、浅いからサギの餌食になりそうだし、流れがきつくて美味しい水垢が少ないよな」
「それに、主が目を覚まさないうちに移動しないと、食われちまいそうだ」
「それもそうだ、皆が来たらすぐに、もう少し川上に行こう。あーあ。とうとう砂場の方からあの青い水中メガネの男の子がやって来たぞ。皆、早く集まって来いよー。移動するぞー」

この辺りが良さそうだな。膝までの深さだけど水は澄んでいるし、腰を屈めて顔だけを水につけておけば、口から呼吸はできるので、潜っているよりもずっと長い間水中を楽しめる。あー！　川底の砂地に沢山のゴリキがいるぞ！　しめた！　じっくり観察できるぞ。あっ！　急に一斉に深みの方へ跳ねるように泳ぎだしたぞ。何故？　どこへ行くんだ？あーあ、皆行っちゃったな。捕まえられると勘違いしたのかな。しようがないなあ。他に何か観察するのはいないかな？

青い水中メガネをしっかり押さえて顔だけ水につけて覗く。見たところ何もいない。岩の近くの掌サイズの石をひっくり返してみる。小石をくっつけたミノムシみたいなゴムシ

（ヒゲナガカワトビケラの幼虫）たちがいるぐらいだ。今は魚釣りの餌はいらないから、元に戻そう。こうやって見ていると、やっぱり砂地がきれいだなあ。水の流れが作る光の波が川底の砂地を照らし、その絨毯のステージで小石たちが手を取り合って踊っているようだ。それらは太陽の光がある限り、川の水がある限り、永遠に続く。そんな錯覚を起こす景色だ。

あ！　あんなところに穴があるぞ。もう少し潜って近づいてみよう。両手を川底に付けて身体全体を水に潜らせる。青い水中メガネは勢いよく穴の10㎝近くまで迫る。ん？　何だろう。何か動いているような、あ、あれは尾ひれか触覚か。いやいや、あれはきっとナマズの髭だ。

穴の奥では、顔を入口のほうへ向けて、大ナマズが大いびき。しかし、小石の擦れ合う音と振動が目を覚まさせたようだ。

「ああ、よく寝ていたのに、何が睡眠を邪魔する？　外はまだまだ明るいじゃないか。ちょっと様子を見て来よう。どれどれ、何だ、何だ。この変な匂いは？　あーん、人間の子供か。青い水中メガネをかけているぞ。何を覗いているんだ？　ひとつ驚かせてやろう……こんにちは！」

ナマズが大きな口を開けて勢いよく出てきたものだから、たまらず僕は上体を起こすと大きく後ろへ尻もちをついてしまい、挙句にどういうわけか、上げた左手が水中メガネのゴムをひっかけたために、顔から外れて5ｍほど後ろの浅瀬のほうに飛んで行った。僕がスローモーションのように上半身をひねらせると、視線は空中の青い水中メガネを追いかけて、ちょうどガラスに映る白い入道雲をとらえた。

面食らった。まさかナマズに突進されるとは……。50㎝はあっただろうなあ。川の主に違いない。運よく青い水中メガネは、浅瀬の流れの中でガラスを上にして落ち、割れもせず無事だった。もう一度、ガラスを磨いておこうと思い、ヨモギを摘みに河原へ上がると、カーバイトのガスの匂いがしている（正しくはカーバイド。炭化カルシウムのことで、水と反応してアセチレンガスを発生する。大正時代から昭和の初期には、これを利用したランプが流行った。石油よりも火が消えにくいが、独特の硫黄臭がある）。今ごろ何のために使うんだろうか。ヨカワ（夜の浅瀬に眠る魚を、カーバイトランプの灯りで集め、投網や3本刃先のヤスで獲る漁法）の準備にしては早すぎると思うけどなあ。旅館の法被を着た2人の大人の話を漏れ聞くと、今晩の鵜飼を見るための屋形船にぶら下げるランプ用らしい。よく見ると足元に10個以上のランプが置いてある。人の多いところではできないので、川上の河原まで来てカーバイトの石を砕いてランプに入れる作業をしているらしい。

「今日の川はちょっと濁っているから、どうだろう、鵜は鮎を見つけられるのかなあ」

「大丈夫でしょう。人間よりも獲物を捕らえる本能は鋭いでしょうし、目だけじゃないセンサーが働いていますよ。きっとね」

『パン、パン、パーン』

鵜飼の始まる合図の花火だ。そんな話し声がきっかけでちょっと夢想してしまった。


屋形船に乗った僕は、薪の火がパチパチッと弾けている鵜飼の船が近づくと、へりから身を乗り出して青い水中メガネの顔をカーバイトランプに照らされた川面につっこみ、鮎の勇姿を見ていた。この姿や色合いの美しさは誰が創造したのだろう。しばらくの間魅せられて堪能していると、突然、鵜の嘴が素早く鮎を攫って行った。アッと驚くと同時に水面に顔を上げると、鵜匠は鵜の喉を摑み鮎を吐き出させている。屋形船のお客さんの歓声が上がると、鵜匠はその鮎をこちらへ放り投げた。なんと僕の目の前に飛んできた。

「やったー」

「ヨシオ、こんなところで水中メガネをかけたまま何をしてるの？　昼ご飯ができてるよ。

何度呼んでも返事しないんで見に来たら、もう昼寝かい。泳ぎに行かないの？」

完

ヨットレース

その1　初戦スタート前

北の風、風速6m／s、波高1m。沖には白波が時々見える。海面でより強い風のブローが吹くと風速8m／sになっていそうだ。朝6時前の気温は12度。ホテルのバルコニーから眼下に見えるのは、鮮やかな青や赤の屋根と真っ白な壁の向こうの、茶色い岩肌に囲まれた大きな入江だ。そこには太い2本の桟橋と細い浮桟橋8本に、40〜50フィートのレース仕様のヨットが30艇並んでいる。海水は10mほどの深さなのだが、エメラルドグリーンに澄んでいるので海底が透けて見える。その入江の奥には漁港があり、暗いうちから漁に出ていた20隻ほどの緑やオレンジ、青の漁船が、今、魚を水揚げしている最中だ。そこにカモメが群がり、魚のおこぼれを狙っているのか、鳴き声がここまで聞こえている。時々大きな掛け声がしているのは競りであろうか。大勢の人が群がっているが、そこには観光客も多くいると思われる。そう、この地中海の島は、外洋ヨットレースのメッカであり、観光地である。世界遺産もあるので、大型観光船クルーズの中継地点にもなっているのだ。

我々のヨットチームは、大学時代の仲間を中心に編成された10名。1週間前に全員が到着し、翌日のヨットの到着を待ってすぐに海上での練習を始めたのだ。ヨットの名前は『ＩＬＩＡＳ』（イリアス）。ギリシャ神話のホメロスの叙事詩から名付け、ヨットの船体のハルに赤の太いストライプに白抜きのイタリック体文字で入れた。

ヨットレースは、ハーバーから西側に出て３００～５００ｍ沖にスタート地点があり、真北からの風の場合、そこを南から北へ抜けて北の第１マークを目指す。これが第１レグ。レグとはコースにおけるマークとマークの間のこと。第２レグはマークを左回りして次は西の第２マークを目指す。そこも左回りして南の第３マークを目指すのが第３レグ。マークをさらに左回りしてから、再び北の第１マークを一路目指す、この第４レグが最も時間と体力と精神力を必要とされる。勝負の分かれ目だ。北の第１マークを左回りした後、今度は南の第３マークを目指す。風をうまく摑めば、最もスピードの出る第５レグだ。最後のマークを左回りしてからの第６レグは、最初のスタートラインがフィニッシュラインに変わる。ラインに船首が少しでも入ればフィニッシュだ（図１参照）。これはあくまで北風がスタート時に吹いていることを想定してのコース取りなので、レース当日の風向きで

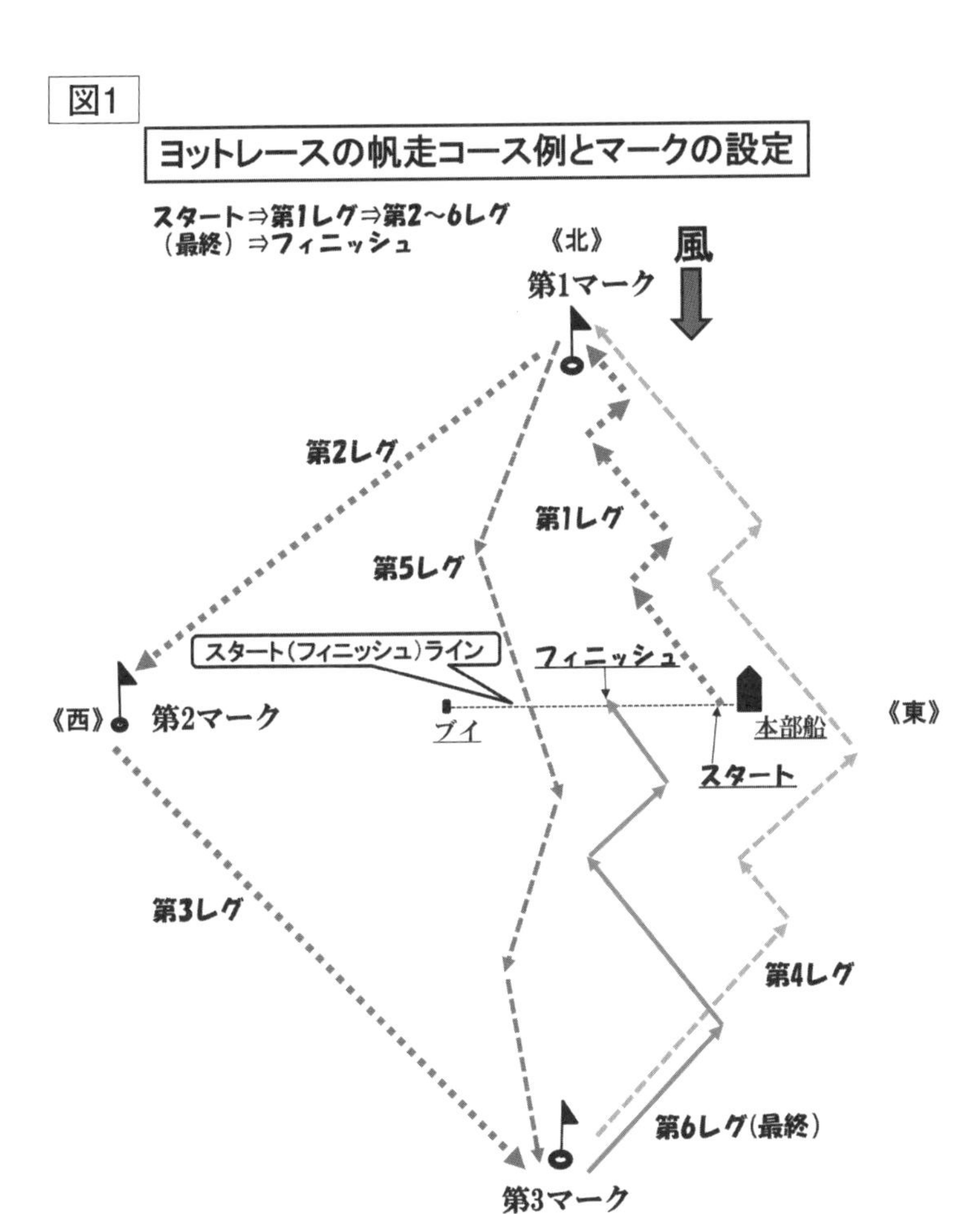
図1
ヨットレースの帆走コース例とマークの設定
スタート⇒第1レグ⇒第2～6レグ
（最終）⇒フィニッシュ
《北》
風
第1マーク
第2レグ
第1レグ
第5レグ
スタート（フィニッシュ）ライン
フィニッシュ
《西》
第2マーク
ブイ
本部船
《東》
スタート
第3レグ
第4レグ
第6レグ（最終）
第3マーク
《南》

変わってくる。当日にそれぞれのマークが打たれるので絶対ではないが、レース前の6日間、周辺の海域を徹底して走らせて、午前、午後の風の吹き方、振(ふ)れ方、強弱、潮の流れや波の形、高さなど注意してデータ取りをしたが、自然は気まぐれなので正解はないに等しい。ただ、地形や気候によって風のエネルギーは違うので、その違いを体感できたと思う。それらに合わせた艤装のセッティングが数十種類となった。

レースのレグの長さは全部で40㎞あるので、一日1レースが精一杯だ。各レースごとにクルーを変えていくが、スキッパーとサブの交代はできても、メンバーは変えられない。ヨットのセッティングやトラブルを常に把握しておき、いざという時に最善の判断を下さないといけないからだ。5レースで5日間、6日目は表彰式とパーティーだ。閉会時のにぎやかさに比べ、開会式はない。昨日の艇長会議がその代わりだが、参加は2名限定で、我々のチームはリーダーのササキさんと艇長のポールだった。ササキさんはヨットのオーナーでもあり、白髪の交じる50代のドクターだ。私と同じヨットクラブに所属していて、真っ先に彼に夢を語り相談したのが、今日に繋がっている。ポールはデンマーク人で、30代後半の銀髪の百戦錬磨の頼れるヘルムスマン[*1]だ。彼がヨットクラブのインストラクターとして来日した時に仲良くなった。ササキさんの信頼が厚く、艇長に抜擢されている。ヨットの責任者、キャプテンだ。

ヨットレースの勝者は、5レースの総合点が一番低かったチームになる。レースの順位がそのままポイントとなるのだが、1位は特別に0ポイントだ。

6時。朝食とミーティングのため、1階のレストランに集合。献立は栄養士で唯一の女性のヨウコが決めてくれたとおり、ご飯、納豆、目玉焼き+トマト、具沢山コンソメスープ、オレンジジュース。一日のエネルギー源となるものと、ヨット乗船中の昼食は十分な食事はできないので、野菜をしっかり摂る献立のようだ。彼女は、看護師でもありヨット愛好家でもあるのだが、皆の健康管理のフォローに務めてくれていて、ミチオの同級生でもある。皆、食欲旺盛で時々笑い声も聞こえ、緊張感がほぐれてきているようだ。ほぼ全員が食べ終わったころ、

「じゃあ、ミーティングを始めようか」

リーダーのササキさんが声掛けしてくれた。ミーティングは今日のレースの戦略や注意事項の話だ。

「この7日間というもの、4月とは思えない良い天候でヨット日和だったけど、今日の天候をミチオから報告してもらいます」

ミチオはイタリア語も堪能なビジネスマンで、海外出張や赴任も30代前半で経験してお

り、その出張先でヨットにも親しんでいる。その能力を生かして、朝早くから地元の人から情報を入手してきたようだ。

「先ほど散歩ついでに地元の漁師さん3人から話を聞いてきました。それによると、今の強風は午後になっても吹き続くそうですが、風向きは少し振れると思われます。また、夕刻には天気は崩れますので、要注意のようです」

少しざわつくと、すかさず手が挙がった。

「はい、ポール」

ササキさんが指したのは艇長のポールだ。

「今日のセールは強風用に絞ろう」

「おー！」

皆一斉に呼応した。セールは3種あり、それぞれ強風用、軽風用、微風用とあるが、全部を積めるわけではない。極力荷物は軽くしないと艇速に影響するので絞ったのだ。また、ヨットはレース仕様なので、抵抗になるものはデッキにはない。その分、バランスは悪くなるので、クルーの敏速な体重移動でカバーしなければならない。クルーザーにあるような風避けや波避け、当然ベッドもないのだ。ササキさんから細かい注意事項があった後、最後に今日の乗船するクルーの発表だ。

「それでは、クルーの発表をします。スキッパーはポール、サブはケン、バウはイチロー、メインはワタルとヒデキ、ジブはジョンとリチャードの7名です。そしてミチオとヨウコと私の3名はフォローに回ります。皆、気を緩めずにベストを尽くそう!」（図2参照）
「おー!」
皆一斉に立ち上がり、呼応した。予想通りのオーダーというか、それ以外に組めない最小限のメンバーなのだ。
あとは部屋へ戻り準備するだけなのだが、その前に、クルーに推薦された者同士が固い握手を交わしている。スキッパーのポールとサブの私、ケン。スキッパーは文字通り艇長でありかつ舵取りで進路を決定する。サブはその判断の材料を的確に伝える役だ。そしてメインのワタルとヒデキは同郷で一緒にヨットに乗っている。メインの役割は、メインセールとマストのコントロールをする、結構な筋力を要求されるが、もってこいの30代半ばのキン肉マンで私とは大学時代のヨット部仲間だ。ジブの陽気なアメリカ人のジョンとリチャードは、ジブセールとスピンネーカーという風下向き用セールをコントロールする役割だ。最後にバウのイチローは、艇首で進行方向の海面や他のヨットの位置情報の伝達が中心だが、ジブやスピンネーカーの上げ下げのフォローも役割のひとつだ。イチローとジョンとリチャードはともに30代前半の同年代で、出会って1年しか経っていないが、お酒

図2

ヨットの各部名称と初戦乗船クルー7名の配置

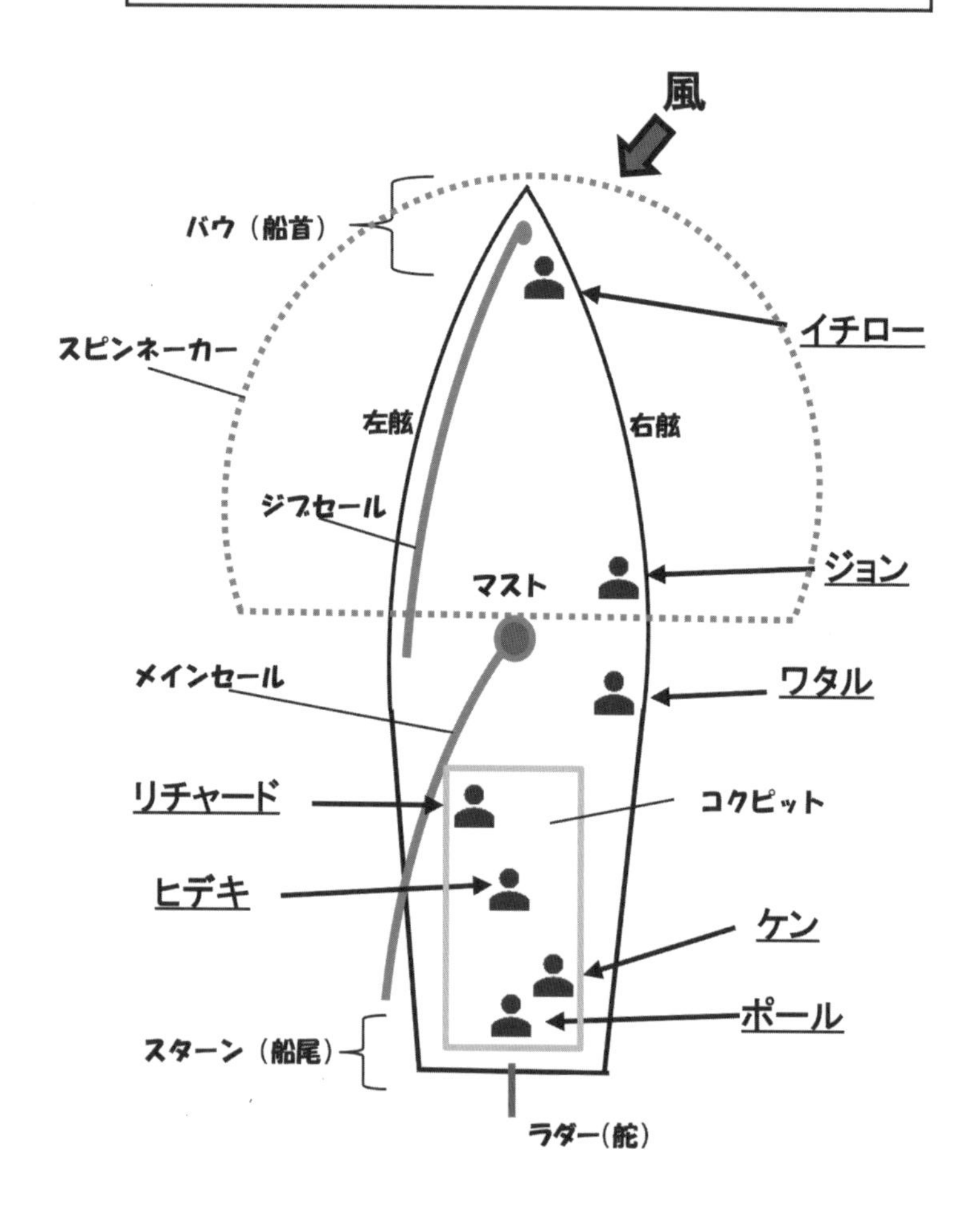

が趣味で、何でも議論し合う仲だ。コンビネーションが要求されるポジションにピッタリの3人だ。

8時ハーバー出艇の9時レーススタートなので、ゆっくりしていられない。部屋に戻るとヨット着に着替え、ナップサックには、波をかぶることを想定しての着替え一式とデッキシューズを突っ込む。7時前にロビーに集合したが、好天続きではあったものの、風はまだ冷たく身体が冷え固まっている。身体を柔軟にしておかないと動けないので、10分間、二人一組になりストレッチをして少し汗をかくと、身体が熱く軽くなった。荷物は皆で手分けして運ぶ。強風用セール2種、昼食のおにぎり、野菜ジュース、水、熱いお茶、熱いコーヒー、簡易救急セット、工具一式、補修用ワイヤーなど。それとチョコレートとシャンパン。これは祝杯用。滑り止めの付いた手袋と、ライフジャケットとセーフティハーネスは各自装着済み。帽子は自由だ。

栈橋の近くまで来ると、風の音とヨットのハリヤード[*2]の音が騒がしい。いやが上にも初戦レースの緊張感が増す。大きく深呼吸をして目を閉じ、潮の香りを嗅ぐ。そして「よーし」と気合を入れ、7時30分に乗船し荷物をすべて積み込み、艤装を開始する。参加30艇が一斉に活気づく。その間、リーダーと艇長は大会本部にクルーメンバーの報告書を提出し、第1レースの参加証を頂いて戻ってきた。

『パンパカパーン』

第1レース出艇のファンファーレが鳴った。すぐさま艇長のポールは、クルーと見送りの全員に視線をめぐらした後、右手の拳を高々と上げた。

「さあ、行くぞ行くぞー！　DO　OUR　BEST！」

「OH！」

その2　初戦前半

ファンファーレとポールの声に後押しされた形で、小型エンジンを駆動させてハーバーを20番目に出航した。大きな水路に出て前進スロットルを半分回しながら漁港の方を仰ぐと、300m遠くの丘の斜面、我々が貸し切ったナンバーワンホテルのテラスで、こちらが見えているのか、双眼鏡片手に支配人と従業員の方たちが手を振ってくれている。9時スタートまであと45分ちょっと。皆の時計を合わせる。私の係だ。

「時計合わせまーす。8時20分まで30秒前……10秒前……5、4、3、2、1、0。OK

ですか？」

「ＯＫ！」

　皆が一斉に答えた。

「イチロー、スタートライン、チェック」

　スキッパーのポールがバウマンのイチローに、スタートラインの確認の指示を出す。幸運にも北の風、風速６ｍ／ｓ、快晴。波高も気にならない。６時の情報と変わりないので、本部船がすぐ見つかる筈だ。

「本部船２時方向、約３００ｍ先。次にブイを探しまーす。……ブイ確認、１時方向」

「ＯＫ」

　予想よりレース海面は北に設定されている。ポールと目を合わせる。本部船とブイを結ぶ直線の約２００ｍがスタートラインになる。

「エンジンストップ、セールセッティング」

　私の声で皆の動きが活発になった。ジブセールとメインセールのセッティングは最も重要なので、それぞれのセールヘッドがマストトップまで届いているか確認し、「ＯＫ」を出す。セールがバタバタと大きな音を立てて武者震いした。昨日の海の条件と大差ないので、セールのチューニングは彼らに任せる。30分間でスタートラインのベストポジションを確かめなければならない。すでに多くのヨットがテスト走行をしている。ジャブジャブという波を切る音を立て軽快に走り出す。先ず本部船に近づきスタートラインと平行に走る。風はコンパスで10度東寄りなので、本部船の側からスタートに決定。イチローから口笛の合図。第1マークは目視できないが、東側の海面にブローが吹いているようだ。これ以上、本部船から離れられないと判断して、私から合図を出す。

「スタートまであと15分」

「はい、戻るよ」

ポールの一声で、次は他艇の位置関係を把握し、ベストポジションを探す。イチローは前方、右舷はジョン、左舷はワタル、後方は私がポールに報告。舵はポールがコントロールするが、艇のスピードはジブとメインセールの出し入れに関わってくるので、ポールのアップ、ダウンの掛け声でリチャードとヒデキが素早くセールシートの出し入れを調整する。本部船に近づきすぎてもブランケット[*3]になって風がない。離れると他艇に入られポジションを取られる。駆け引きが難しいが、ポールの腕は冴えている。離れると見せかけて、突っ込み、突っ込むと見せかけて、離れるのだ。

「パーン！　10ミニッツ」

号砲が鳴った。

「スタート10分前」

緊張で私の声が上ずった。皆の顔も引き締まった。全員、ポールの掛け声に注目している。一旦、本部船に向かってスタートボードでゆっくり走っていたが、急に左旋回。

「ジャイブ……クロス……タック」（図3参照）

ポールはまだ早すぎると判断して少しUターン。案の定、本部船付近は十数艇で団子になって止まっている。抜け出すのに時間がかかるだろうから、避けないといけない。

「5分前」

私が声を出すと、ポールはニンマリして叫んだ。

「スピードダウン、ストップ」

彼らの風上からスピードをつけてスタートする作戦なので一旦止まったのだ。というのも、彼らは風に流されて本部船から離れつつあるのだ。

「3分前」

「スピードアップ、フルアップ！」

「ＯＫ！」

ヨットの全長が40フィートもあると、なかなかスピードに乗れないが、横風のアビームなので、団子状態の連中には50ｍまで迫った。

図3

ヨットの帆走方向の名称と基本ルール

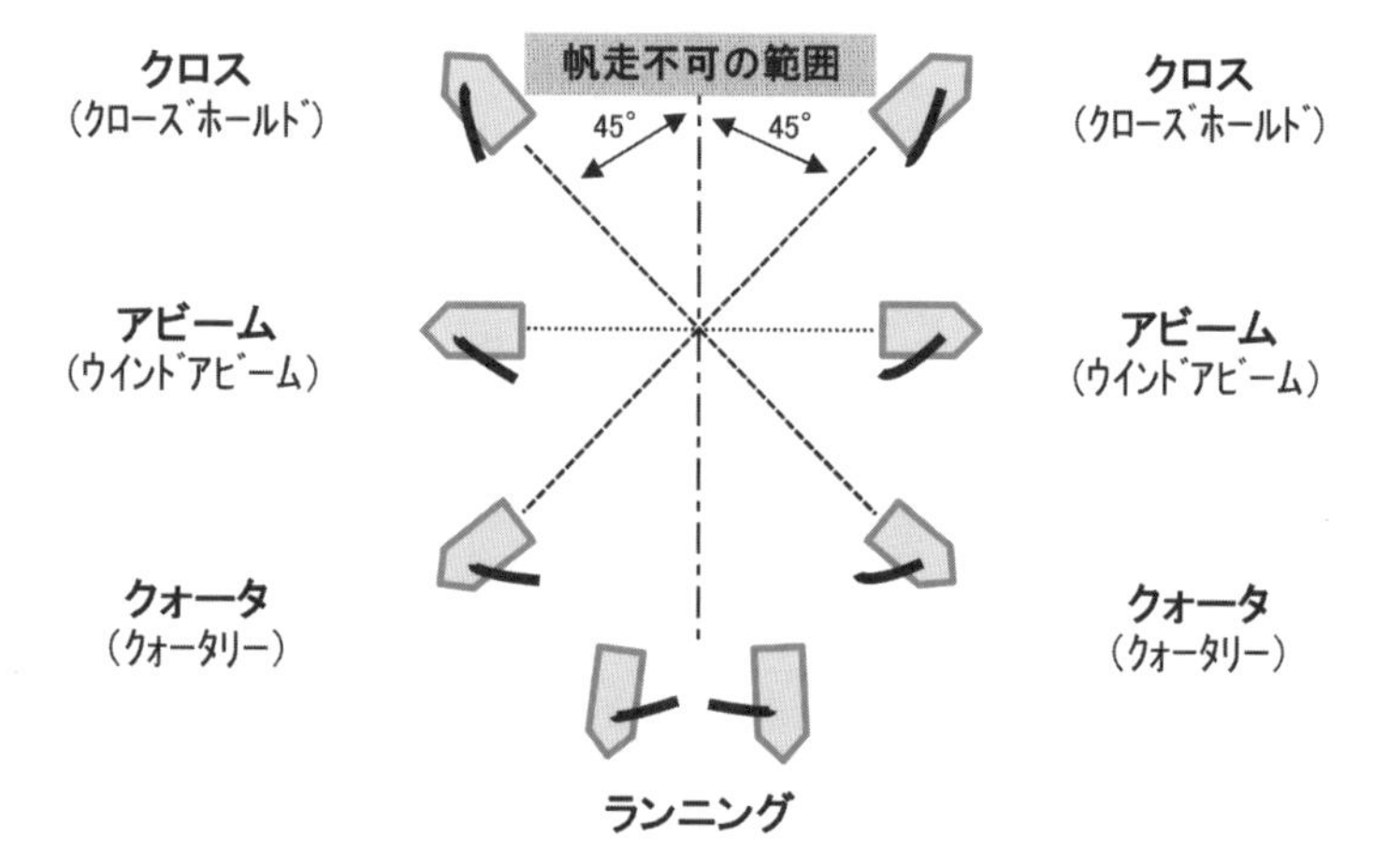

■**タッキング**とは、風上帆走での方向転換。略称「**タック**」

■**ジャイビング**とは、風下帆走での方向転換。略称「**ジャイブ**」

※どちらの場合もセールは一方の舷から他方の舷への移動

ヨット走行時の基本ルール

■衝突を回避するため、ポートタック艇は、**スターボードタック艇**を避ける。

■艇同士で同一タックでオーバーラップしている時は、風上の艇は**風下の艇**の進路妨害をしない。

■艇同士で同一タックでオーバーラップしていない時は、後ろの艇は**前の艇**を避ける。

※上記説明の通り「**タック**」という言葉は二通りの意味で使われます。
一つは風上帆走での方向転換(**タッキング**)であり、もう一つは、ヨットが今、左右どちらの舷から風を受け反対の舷にセールを出している状態にあるか(**スターボードタック**か**ポートタック**か)です。それによって優先権が決まります。

「1分前」

「スターボー、スターボー！」

イチローが他のボート艇に優先艇として叫び続けた。ボート艇は避けるしかないが、左前方でタックされても、スピードが違うので問題なく抜き去る。

「30秒前」

ポールは再度スタートラインを確かめてひと言。

「このまま、キープ」

イチローがスタートラインからはみ出ていないか確認した。少しでも出てしまってスタートすると、戻って再スタートとなる。ＯＫだ。そして本部船と団子連中の間を抜けた。

「10秒前、9、8、7、6、5、4、3、2、1、0」

『ズドーン!!』

スタートの号砲だ。

「レッツゴー、クロス！」

ポールはティラー*4をグイと押し、風上45度に上（のぼ）る。同時に二つのセールは引き込まれて固定された。一気に艇はヒールし、右舷が持ち上がり船体が30度傾いたので、ジョンとワタルと私はそれを押さえるために右舷のマスト斜め後方に集まった。ライフラインにハーネスのセーフティフックをつけ替えて座ったが、すかさず周囲のヨットの位置関係と、風のブローを探す。私はポールに一番近い位置で内向きに、２人は外向きにデッキから足を出す形だ。我々は好スタートを切ったつもりだが、他のコースのヨットの走りを調べ、比較しなければならない。海の条件は刻々と変わるので、その変わり方を見極めなければならないのだ。第１マークまでは直線でも４ｋｍあるのでまだ目視確認できてない。また、クロスは風上に向かって45度の角度しか進めないので、第１マークまではジグザグで走らなければならない。スタート直後にタック（タッキング）したヨットが３艇ある。ハルの色がグリーン、ホワイト、そしてブルーの３艇だ。ポートタックで彼らがどんな走りをするかが気になる。10分経って、イチローからまた口笛の合図。やはり東寄りにブローがありそうだ。ポールと目が合う。

「タック10秒前」

セーフティフックを外す。

「……タック！」

スターボードタックの艇は多いものの、後続なので問題なしだが、風下ブイよりにスタートしたスターボードタックで突っ込んでいる２艇と、ポートタックの３艇の走りをチェック。

「8時方向、風下2艇下ってます」

ヒデキが声掛けした。やはり風上スタートが正解だった。

「そうだね。走ってる?」

私が尋ねると、

「言うほど走ってないですね」

と返事してからヒデキが再び声出しをした。

「タックしました。風が戻ってるんですかね」

「先行のポート3艇がよく走ってますね。あっ、タックしました」

イチローの報告だ。コンパスを見ると、風が真北に戻ったようだ。細かく振れている。

「真北に戻ったね」

ポールを見る。すると、

「イチロー、ファーストマークは見えましたか?」

と、ポールが尋ねる。

「まだですが、10時方向なのであと5分ほどでタックすれば、マークは見えてくると思います」

「OK」

しばらくして私からポールに合図する。

「タック10秒前」

セーフティフックを外す。

「……タック！」

優先権のある先行のスターボード3艇を避けつつブランケットにならぬよう風下につける。第1マークは、あと400mまで迫った。4番手だ。やはりスタートですぐにタックした3艇がよく走ったみたいだが、トップとは80mぐらいしか変わらない。後続は200mほど離れているので、マークには余裕を持って回る。まずまずだが、風が大きく振れない限りクォーターの第2、第3レグで追い抜くのは難しい。トップ集団4艇の最後尾にいる『ILIAS』としては離されないことが大事だ。グリーン、ホワイト、ブルーと次々にスピンの花が咲き始めた。

『ボンー』

やや風上の位置で真っ赤なスピンネーカーは素早く上がり、一発のいい音で花開いた。クルー3名、イチロー、ジョン、リチャードのコンビネーションはバッチリだった。ハリヤードを上げるタイミングと風をはらむタイミングが絶妙だったので、ローリングが起こらない。『ILIAS』に勢いが出た。ザクザクと波を切り裂いて進む。

「OK。セカンドマーク、チェック！」

ポールの指示が飛ぶがまだ見つからない。

「先頭艇が進路変更、1時方向」

イチローが報告したが、第2マークがまだ見つからない状況で、先頭艇の攻撃に乗るのは危険だ。後続艇軍団に追いつかれる可能性があるからだ。しばらくすると、12時方向に戻った。やはり牽制してきたのだ。

「2番手艇ホワイトが進路変更しました、1時方向……先頭艇グリーンも大きく進路変更、2時方向」

「第2マーク発見、2時方向」

皆が目測を誤ったようだ。第2と第3レグは、直線距離としては、第1レグの2倍あるが、クォーターのスピードと直線なので、同じ約1時間で走りきれる。課題は、第3マークから第1マークまでの第4レグをどう走るかで、それでこの初戦の勝敗が決まる。すなわち、第3マークをどのように攻めて回ってから、どのコースを選択するかだ。トップ集団4艇は縦一列にプロパーコースを走り、第2マークを回った。ジャイブ後、先行の3艇はすぐさまポートで波に乗るかのように風上へ角度を上げて、アビームにして攻め合っているが、コースが違うし、無駄な時間ではないのか。『ＩＬＩＡＳ』は第3マークまで最短コースを走る。北の風がまた東に振れ出した。それも20度。さらに第1マークまでの海面は白波が増えてきたようだ。ポールと協議したが同意見だ。第3マークを回ったら後続艇軍団に注意して早めにタックする。とうとう3番手ブルー艇と1艇身の距離に接近してきたので、皆にはサインで合図し、タックの準備をさせる。先行の3艇は競り合っているので、我々のことは、眼中にないようだ。後ろを気にかける様子がない。第3マーク回航。彼らと同じポートで突っ込むと見せかけて、すぐさまタック。風が東に振れてきた分、後続艇軍団とぶつかる可能性はない。彼らのかなり風上を走ることになるからだ。

「しばらくキープ。ランチにしよう」

ポールの声で気がついた。12時を過ぎている。私はポールの代わりに舵を取り、風の戻りを注意。ジョンは右舷デッキから足を出して座り、先頭集団の走りをチェックしている。他のクルーはコックピットに集まり、ランチタイムだ。考えたら出航前にヨウコに促されてお茶を飲んだが、あれから4時間何も口にしていなかったのだ。

「おおー、ハッピー」

「ハハハハハー!」

ごっついリチャードのため息に、皆大笑い。身体も心もほぐれてきたようだ。

「OK、チェンジ」

ポールも笑顔で交代してくれたので、ジョンと私もランチを満喫した。昆布の佃煮のおにぎりと熱いお茶。ああ、いい香りだし美味しい。本当に、おおー、ハッピーと心の中で呟く。そして、皆順番にトイレを済ませたり着替えをして、後半のクロスに向けて気合を入れ直す。

その3　初戦後半

「先行3艇、タックしました！」

右舷デッキから足を出しているリチャードの報告だ。第3マーク回航後、風は微妙ではあるが、さらに東寄り25度に振れている。我々がランチを終えたころ、ポートで突っ込んでいた3艇がタックしたのだ。後続艇軍団も皆タックした。あとは、波の抵抗を避け、スピードを殺さずに風上への角度をどれだけ上げられるか、スキッパーの腕の見せどころだ。ポールの目が輝いている。頼もしい。過去には幾多のレースで勝利を収めてきた。しかし、彼は負けたレースでたくさん学んできたと言う。いざという時の冷静さは、そこから出てきたのだろう。負けた原因を分析しつくし、何が自分に不足していたのか、技術か精神力か。さらに彼の凄いところは、メンバーを集めディスカッションすることだ。皆で考え、皆で対策を立てて実行する。だから皆が彼を信頼し一緒にセーリングするのだ。そう、この不断の努力が彼の魅力なのだ。

「本部船、3時方向」

イチローの報告。

「了解。風は何度？　ケン」

ポールが尋ねてきた。何か迷っている。

「20度。少し戻ってますね」

私が答える。

「上りが良くないなあ。やはり第1レグのように東側だなあ。さらに北風に戻るかも。どう思う？」

「10度くらいには戻るかもしれませんね。そうしましょう。東側へ行って先頭に立ちましょう」

「OK、タック用意……タック」

ポートタックになり、すぐさま他艇の動きをチェックすると、先行の3艇がスターボードでそのまま突っ込んで来そうだが、明らかに風は15度まで戻っているので、少しずつ下っていると思うのだが……。

「3艇との衝突はありません。遅れています」

よし、ポートが上っているぞ。ポールと一瞬ニンマリしてから、コンパスを確認して風の戻りを確信した。

「このまま行きましょう」

「ベストチョイス！　キープ！」

ポールの大きな声が皆を奮い立たせた。

「第1マーク、10時方向」

イチローの報告だ。

「OK、もう少しゴーストレイト。9時方向でタックするよ」

「OK」

皆が答える。ああー？　西の空を仰ぐと雲が結構出ている。もう14時を過ぎているので、今朝、ミーティングで聞いた漁師さんの予報通りなのか。ちょっと不気味だ。あと2時間は荒れないでほしい。ただ、波が高くなってきたので、たまに波飛沫がかかる。

「第1マーク、9時方向」

「OK、タック用意……タック」

波飛沫の音と風がセールを流れる音で声が掻き消されないよう、私はできるだけ大きな声を出した。素早いタックだ。10秒間のコンビネーションは変わりなく清々しさがある。こんなに右にヒールした状態から90度進路変更して、今度は左にヒールした状態に変える。安定感のある移動は美しさもある。スターボードで例の3艇と同一線上に並んだ。5艇身の差だ。第1マークまで300m。これ以上、風が北へ振れなければ、ストレートで回航できる。

「わぁ！」

思わず声が出てしまった。ブローが意外に強くなり、ヒールが激しさを増した。ポールを見ると、真正面を睨みつけるように何か呟いている。

「ガマン、ガマン」

あ、そうだ、我慢だ。

「我慢、我慢！」

皆に聞こえるように叫んだ。

「我慢、我慢」

皆が笑顔で呼応している。私はポールの隣に座り、次の回航後の作戦を打ち合わせする。

「有難う」

ポールが呟いた。

「いいえ。あと2レグどうしますか」

「回航後、西寄りのコースだ。風上から被せられるのはいやだからね」

「了解です。その後は彼らの動きに注意して、押さえていきましょう」

「ＯＫ」

さあ、マークが迫って来た。接触せずに行けそうだ。後続3艇もピッタリ追って来ている。5艇身差のままだ。

「回航用意、ジャイブなし、スピン用意……回航」

左に90度回ると同時にスピンを上げる。と、突然、強いブローが吹いた。

「あっ、駄目だ!……くそー、上がりきってない。マストトップまで1ｍ」

ジョンの悲鳴。トップまで上がりきる前に強いブローがスピンをはらませてしまった。

一旦風を逃して上げきるかだが、それでは艇速が落ちる、どうする?　一瞬迷っている時、

「このまま行こう、ブローが止んだら、風をはらんだまま上げきろう」

ポールの素晴らしい指示だ。後続はブローにスピンが煽られている。ピンチがチャンスに変わった。少し西寄りのコースをランニングで走る。しばらくして、ジョンとリチャードの2人が、風を逃すことなくスピンをマストトップまで上げきった。案の定、後続3艇

は落ち着くと、『ＩＬＩＡＳ』の風上から被せようと追って来た。すると、冷静なポールの指示が出た。

「彼らがコースを変えたら合図して」

「ＯＫ」

私の役目だ。

回航後のブローの対処で、差は広がっている。しばらくしても差が縮まらないとみるや、彼らは進路変更した。

「2番グリーン艇ジャイブしました。……続いて3番ホワイト、4番ブルー艇もジャイブしました」

「よーし、ジャイブ用意……ジャイブ！」

ポールの掛け声で、スピンも風をはらんだまま進路変更させたので、艇のスピードは落ちていない。後続3艇は彼らの中でのせめぎ合いが始まっているようだ。遠目でも小刻みにスピンネーカーが揺れ、ローリングしているのがわかるし、時々大きな声が飛び交っている。進行方向の権利の奪い合いだろう。この間に『ＩＬＩＡＳ』は、スピードを殺さずに最短距離を進む。

「本部船、11時方向。第3マーク、1時方向」

イチローの報告だ。欲しいタイミングをよくわかっている。さすがだな。

「本部船が10時方向になればジャイブするよ」

ポールが指示する。

「ＯＫ」

波のうねりが大きくなってきたので、艇も大きくローリングし出した。そしてそんな時にゾッとするのは、背後から来る波の頂上の直前でブローが吹くと、ゴーという音とともに、ヨットが前のめりで波の谷めがけて突っ込んで行きそうになることだ。５秒間もないのだが、思わず腰が引ける。特にヨットの先端にいるイチローは肝を冷やしているに違いない。

「本部船、10時方向」

「ジャイブ用意……ジャイブ」

後続３艇はまだジャイブせず、本部船の東側を進んでいる。２番手争いに必死のようだ。さらにその後方には大集団が、カラフルなスピンをはらませて壮観だ。審判ボートが後続３艇のそばに行くと、ルール違反があったのか、３番ホワイト艇が赤いフラッグを、マストをヨットの最後部からささえるワイヤーのバックステーに掲げた。あれは抗議の旗だ。走りながら審判ボートに口頭申告したようだ。レース終了後に書類を提出して、その晩の審判会議で審議される。通れば抗議されたヨットは最悪、失格になる。

西の空が濃いグレーになっている。ポールに知らせると、渋い顔をして言った。

「最終マークまで30分、最終レグが1時間か。最後のクロスはリーフかな？　しばらく様子を見て判断しよう」

リーフとはセールの面積を小さくして、強風によるヒールやマストなどへの負荷を改善する方法だ。練習してきたので大丈夫だが、本番は初めてなのでリスクはある。

「そうですね」

と私が答えると、

「最終マーク、11時方向」

と応えたのはイチローだ。

「そのまま、キープ」

ポールの通る声が元気づけてくれる。風が強くなっているので、ランニングのスピードが上がっている。

「ポール、西側の白波が増えていますよ」

と私が伝えると、ポールが聞いてきた。

「風向きは？」

「えーと、あ！　凄い！　３５０度に大きく振れてます。さらに西に振れていきますよ。もしかして、クロスはポートタック１本？」

「ほぼそうなるかも。西側に向かう必要がないね」

「最終マーク、10時方向」

イチローの報告する声がちょっと掠れている。

「ジャイブ用意……ジャイブ」

最後のジャイブでポートタックになり、このままでマークを左回航し、西に振れる風を利用して、フィニッシュに向かう。こんなにうまくいっていいのだろうか。いやいや、あくまで予定だ。何が起こるかわからない。もう一度、気を引き締めよう。

「本部船まで３００ｍ、このままポートのクロスでいくよ。さあ最後のレグだ。フィニッシュまで、ＤＯ　ＯＵＲ　ＢＥＳＴ！」

「ＯＨー！」

その4　レース終了後

ハーバーの大きな桟橋が見えてきた。17時を過ぎている。日の入りは18時30分なので、まだ明るい筈なのだが、いつもより薄暗い。振り返ると海面は白波だらけで、西の空には沢山の黒っぽい雲が激しく流れている。そんな強風のうねりの中を凱旋なのだ。皆シャンパンを飲んでいるので、下戸の私が舵を取り、エンジンの前進スロットルを少し緩める。水路は広いのだが、多少外洋のうねりの影響を受けているので、注意して浮桟橋に近づく。

「おめでとう！　ファーストフィニッシュ！」

ヨウコの声だ。見ると大きな桟橋に、ササキさんとミチオとヨウコの3人が手を振ってこちらに向かって駆けて来た。クルーの皆も気付いて、

「やったよー」

と、人差し指を立てて『1位』のポーズ。喜ぶのは夕食までと決めている。まだ第1レースが終わっただけで、あと4レース4日間あるのだ。明日の準備が大事だ。ラッキーで終わらせないためにも、明日も10位以内の成績を上げないといけない。というか、4年か

けてここまできたんだし、納得いく練習もしてきた。そういう自信はあるからだ。ヨットを浮桟橋に係留し、荷物をまとめて10人で一緒にホテルへ戻る。ヨウコとジョンとリチャードが腕を組んでスキップをしている。皆、大笑いだ。

ホテルのテラスでは朝の見送りのように、支配人と従業員の方たちが「バンザーイ！」を三唱してくれた。フィニッシュ時の『ズドーン！』の号砲も嬉しかったが、まさかの祝福だったので2倍嬉しかった。夕食は19時からだから、部屋でシャワーを浴びて着替えてから一息着くことにした。波の飛沫を浴びたから、髪の毛が塩でベタついている。まだ時間があるから、湯舟に浸かってゆっくり身体を温める。

「あー、気持ちがいーい」

小さな浴槽に響く声が、疲れを取ってくれるようだ。よく見ると、身体のあちこちに青あざができていたり、小さな切り傷がある。知らない間にぶつけたのだろう。ヨットではよくあることで、特にレース中は集中しているので、痛みを感じない。よくケアをしておかないといけないので、後で看護師のヨウコに見てもらう。体調不良や大きなケガはササキさんというか、ドクターに診察してもらう。ササキ先生の勧めるT病院の外科にヨウコもいるので、安心だ。19時15分前にロビーに行くと、ソファーで皆くつろいではいるが、何故かテレビに釘づけだ。

「ケン、映ってるよ。早く、早く」

ポールが手招きした。覗き込むと、島の唯一のローカルTVニュースで、今日のイベントのヨットレースを取材したものだが、さすがに手慣れたものだ。スタートの号砲とともに本部船からブイまで、一斉のクロスのダッシュをうまく迫力ある映像として放送されている。本部船からの固定カメラなのか、きれいにブレなく映っている。

「居た、居た。あそこ、あそこ。カッコいー」

ヨウコがはしゃいでいるが、乗船メンバーは、他のヨットの動きをチェックして、あの時の認識や判断が正しかったかを見ている。スタート後の映像は、遠目のひいたアングルばかりで、どこのヨットか判別できない。最後は成績が文字で並んでいるだけだ。空撮もなかったので、華やかなスピンネーカーの映像もなく終わって、すぐに次のサッカーのニュースに移った。５分後、

「ディナー、ＯＫです」

そのヨウコの声で、皆、レストランに移動して席に着く。先ずはビールで乾杯だ。ササキさんが挨拶を買って出た。

「今日はお疲れ様でした。そしておめでとう。こんな気持ちがいいのは初めてです。みんな有難う。明日もあるので、お酒はほどほどにして、美味しい料理を食べて、英気を養い

ましょう。それでは用意はいいですか？」

「ＯＫ」

「乾杯!!」

「カンパーイ!!」

まるで祝勝パーティーのような雰囲気だが、料理の献立は栄養士のヨウコ作なので、アスリートとしての内容だ。疲労回復を主眼に置いていて、タンパク質と糖分をしっかりと補給することが大切だ。ご飯大盛り、ひき肉ともやし・小松菜のピリ辛炒め、レンコンと人参のきんぴら、白菜とエノキの中華風スープ、牛乳、りんご。１０００キロカロリー越えだ。

「19時30分からミーティングをやりますが、支配人からお祝いにケーキをいただきました。みんな、お礼を言いましょう」

ササキさんからだ。

「コングラッチュレーションズ！」

イタリア人のイケメン支配人が若々しい声とゆっくりしたお辞儀で祝ってくれた。

「オー、グラッツィエ」

歓声と拍手が鳴り止まない中、ウエイトレスが皆にショートケーキとコーヒーを配ってくれた。ふと見ると、レストランの海側は全面ガラス貼りで、水平線に沈む夕陽が綺麗だ。いつの間にか厚い雲もなくなっている。入江の海面には、家々の灯りが揺れていて、レースの緊張感や強風や波飛沫が嘘のようだ。

「ミーティング始めます。先ず、明日のクルーを発表します」

え！　代わるの？　何故？　あちこちからそんなつぶやきと驚きの溜息が聴こえる。

「えー、いいですか。よく聞いてくださいね」

ササキさんがゆっくりと確認して発表した。

「スキッパーはケン、サブはポール、バウはヨウコ、ジブはジョンとリチャード、メインはワタルとミチオ。以上」

「ええー？」

私が大きな声を出してしまった。イチローとヒデキは？　どうして？　当のイチローとヒデキはうつむいている。ササキさんが説明した。

「ホテルに戻ってから、二人が相談に来ました。イチローは、手首の腱鞘炎の悪化です。サポーターをつけてたけど、力が入らないようです。私は専門外ですが、これ以上負担をかけると使えなくなるので、明日は休ませます。ヒデキは腰痛の再発です。コルセットをつけていますが、無理な体勢が響きました。二人とも明日は本島の病院に連れて行って、応急処置をしてもらいます。明後日は乗船メンバーに入れたいですからね。このことはすぐキャプテンのポールに相談して、ミチオとヨウコを呼び、本人にも承諾してもらいました。彼らは乗船を素直に喜んでくれたんですが、皆に迷惑をかけてまで、と不安がってます。どうか皆さん、力を合わせて、明日のレースを乗り切っていただきたい。この通り、よろしくお願いします」

頭を深々と下げられた。ポールがすぐさま立ち上がり言った。

「ミチオとヨウコは、私がフォローします。ケンはスキッパーができますし、状況をよく把握して判断できます。しっかりコミュニケーションをとればやれます。やりましょう」「やりましょう」「やりましょう」「やりましょう」と、ポールに呼応しての合唱になった。イチローとヒデキも顔を上げ、ミチオとヨウコを激励している。

ミーティング終了後、皆と相談して、明日は5時からシミュレーショントレーニングで、ミチオとヨウコとのコンビネーションの精度を高めようということになった。皆21時に部屋へ戻り、寝ることにした。

翌朝、ミチオが早起きして、4時に漁港に行き情報収集したらしい。いい根性だ。さすがだ。それによると、今日は微風から軽風だが、風向きが極端に変わることがあるらしい。

全員がこの情報を頭に詰め込んで、周囲の状況変化に敏感になって、その変化を共有する。戦略はいつも通りポールと私が相談して立てる。ポールはミチオとヨウコのフォローというか、皆とのコミュニケーションが必要なので、あえてスキッパーではなく、サブにとササキさんに進言したようだ。さすがキャプテンだな。私はまだそこまで頭が回らない。勉強になる。有難う。ポールと相談し、今日のセールは軽風用と微風用とした。メンバー交代で重量が軽くなった分、2種類を積み込む。

快晴、気温15度、北西の風、風速3m／s、波高0・5m。初戦が『動』なら、第2戦は『静』の我慢がより長時間になるだろう。全員10名で桟橋まで来たが、途中、他のヨットのクルーたちから握手された。今日は負けないぞという鋭い視線もあったので、レース中は徹底的にマークされ、動きをチェックされるだろう。ルール違反ギリギリの進路妨害もあるだろうことは、特に注意しなければならない。下手をすると、故意に衝突してくることもあったりする。我々もそれを跳ね除けるくらいの強い闘志でやりきる覚悟が必要だ。

『パンパカパーン！』

第2レース出艇のファンファーレが鳴った。すぐさま艇長のポールは、見送りの3名に視線をめぐらした後、珍しく7名の円陣を組ませ、互いの肩を抱き合い叫んだ。

「みんな、やり切ろう！ DO OUR BEST！」

「ＯＨ！」

完

（注釈）

＊1　ヘルムスマン：舵を取るクルーのこと

＊2　ハリヤード：セールを引き上げるために、マスト上部から伸びる索具

＊3　ブランケット：他艇のセールや陸地などで風が遮られた状態

＊4　ティラー：ラダー（舵）をコントロールする操作棒

《日々断片》　肩関節周囲炎

その1　通院

２０１９年秋、ある朝いつものように、4時5分のスマホのアラームで目覚め、掛け布団を足まではがし仰向きのまま、先ず右足を上げてから勢いよく斜め右下へ下ろしてその反動で上半身をベッドから起こす。これがないと気持ちの切り替えができないのだ。さあ着替えよー。自分に言い聞かせてパジャマのボタンをすべて外し、勢いよく脱ごうとして、胸をそらし腕を上げかけたその時、

「痛っ！」

思わず声が出てしまった。突然、左肩に動きを止める鋭い痛みが走ったのだ。恐る恐るやってみたが、伸ばした左腕が上と後ろに少ししか動かない。幸い右肩は何ともないようだが、あれあれ？　どうしたんだろう。何とか着替えはできたものの……。寝違えたのか

なあ。筋肉痛？　昨日、特別重い物を持った覚えもないけど、どうしよう。どうしたらいい？　私以外、家族は誰も起きていないので、自問自答を繰り返す。とりあえず湿布薬を貼っておこう。しばらくしたら治るかもしれないので、様子を見よう。当然じっとしていれば何の痛みもないので、左肩に負担をかけないよう、動きに注意しながら会社へ向かった。

通勤電車の中で携帯電話のネット検索を利用して、自宅でできる肩の痛みのケアを幾つか選び、今晩からやってみようと思い立ち、続けてみたが、1週間経っても治る気配がない。特に困ったことに、お風呂場では、右手1本で体も頭も洗わないといけない。不自由極まりないのだ。以前の倍の時間がかかる上に、力を入れて洗えないので、イライラが募る。対策として、朝も以前より30分早く起きるようにした。ほんのちょっと深く動かすと激痛が走る。左利きの私は、リュックを肩に担ぐ時も着替えの時も電車のつり革を摑む時も、利き腕を左腕から右腕に替えて、少しでも痛みを和らげる工夫をしたものの、明らかに痛みが増している。これはまずい、早く病院へ行かなくっちゃ。

会社に着くや否や、職場の仲間に相談すると、会社から歩いて15分のQ外科を教えてもらう。そういえば、この名前に聞き覚えがある。15年ほど前に、腰痛で悩んでいた部下の社員と一緒に付き添いで行ったり、さらには25年ほど前に、会社の近くまで車を運転して帰って来た営業マンが信号で停車中に後ろから追突され〝むちうち〟になったため、ここへ連れてきたことがある。その時は総務部の誰かにここを指示されたと思う。昼ご飯の後、早速行ってみた。

来てみてビックリ。病院はまるごと建て直してあって、昔の面影が全くない。白いきれいなコンクリート塗装の建物だったので、思わず通り過ぎてしまった。昭和の匂いのする古い木造の小さな診療所の感じは払拭されており、玄関から入った受付や待合室は天井が高く明るく広い。きっちりと磁気カードでの管理システムもできている。診察室も複数あり、吹き抜けの2階にはリハビリ施設もある。左隣のビルは高齢者の介護施設になっており、送迎車が止まってお年寄りを降ろしていた。

空いてる時間帯だったので、すんなりと初診の登録も終わった。早く治したいという気持ちがはやり、問診の後、痛む肩の部位にエコーをあてながら、痛み止めの注射をしてもらう。注射の薬がどこに入っているかモニターで確認しながら、ぐいぐい針を動かす。やめてくれーと心で叫ぶが、医者は容赦なく針を動かし、その度に痛みが増す。筋肉注射なので痛いが、ピンポイントへの治療なので、2週間単位で3回程通えば楽になるとのこと。ホントにー？　目で訴えるも、我慢、我慢。問診の時には上がらなかった左腕が、水平から10度ほど上がっている。真上まで上がるのには時間がかかりそうだ。仕方がない。

「やれやれ」

湿布と飲み薬をもらい、ほっとして帰社し、仕事に戻った。


それから1ヶ月半、少しでも楽になるのを信じて通ったが、行く度に先生が変わり、また言うことも少し変わるので不安になってきた。肩の痛みもなかなか治まらないし、左腕も水平の位置に戻ってしまった。注射だけではダメで、リハビリが必要と言われる。最初からわかっていたことじゃない？　早く言ってよ、と心で叫ぶ。4回目に行った12月初旬、自宅の近くの病院に移ることを告げた。というのも、家内が職場で、H病院のリハビリがいいらしいと聞いてきたからだ。この病院は年1回、私が成人病検診をしている所で、土曜日も午前中だけだが診察してくれる。思い立ったが吉日、Q外科にサヨナラし、年末の土曜日に初診外来の扉を叩いた。

その2　リハビリ

H病院は総合病院なので、混雑を予想して朝9時前に整形外科の初診外来へ行ったが、診察カードを持っていたこともあり、1時間待っただけで診察してもらえた。さらに幸運だったのが、担当は女性医師でずっと変わらないため、少し安心した。Q外科で預かったデータを渡し、リハビリを希望する旨を伝える。

「はい、見せてください。どこが痛みますか？」

事務的な診察だったが、かなりしつこく両腕を動かして、左腕が動かない範囲を確認された。が、結局は筋肉注射。またかーと諦めながらも、針を刺してからが長く感じ、Q外科よりもかなり痛かった。こんなに痛かったっけ？　けど我慢、我慢。呪文のように唱える。私は肩痛が治るまでのスケジュールというか計画を知りたかったのだが、そんな話は一切なく、次回の2週間後の診察日時だけ決まった。回復具合を見ないといつごろ全快するとは言えないらしい。Q外科でもそうだった。診察が終わってから、とりあえずリハビリの予約をするため、地下1階の受付に行ったのだが、ここは駐車場に行くための通路で、てっきりコンビニや喫茶室だけかと思っていたので驚いた。こんなところにあったのかあと思わせるぐらい奥まった場所に受付と待合がある。予約を再来週の診察後にしてもらい、その後、しばらく待合室で患者さんたちの様子を見た。十四、五名が11時からのリハビリを待っているのだ。大半は高齢者だが、スポーツクラブで活躍してそうな高校生の男女もいる。そんな中でも、大きな声で話しているのは、小学校低学年の女の子で、おばあさんと一緒に来ている。どっちが患者？　11時5分前に両開きの扉が開き、10名ほどのスタッフが整列し出したが、皆30代の若い男女で女性が少し多いかな。先頭の女性スタッフが患者の名前を呼び出した。呼ばれた患者は返事をし、扉の前にいる担当のスタッフと挨拶をかわしてさらに奥にある意外と大きな部屋に一緒に入って行く。何番目かに小学生の女の子が大きな返事をして元気よく駆けて行った。愛想を振り撒いていたので、かなり馴染みのようだ。おばあさんは付き添いだったのか。あんな幼い子の何が悪いのか気になるところだ。転んで骨折後のリハビリであればいいのだが。まるまる1時間のコース。再来週から私も仲間入りだ。

翌々週の土曜日から隔週で2ヶ月通った。10時から診察、注射、そして11時からリハビリ。いつも思うことだが、マッサージの痛みの限界がよくわからない。痛くても我慢するべきなのか、どんな痛みでストップをかけるべきなのか。ついつい我慢して後で揉み返しがくる。２０２０年年明け2月初旬、リハビリ3回目だが、担当は今日から30代後半の男性スタッフ。1回目と2回目は女性スタッフで、痛みを伴うマッサージはなかった。全身の筋肉をほぐすことが目的だったので、前屈や開脚で身体を慣らしていた。私は身体が固い方なので、これだけでも汗をかいた。首がこっていたので気持ち良かったのだが。今日から目標を設定しての少し痛みが伴うマッサージのようだ。痛みが伴わない方法はないのだろうか？　不安が募る。先ず腕がどこまで上がるかのチェックだが、水平から30度まで上がってきている。が、元に戻るにはまだあと60度もある。どうすればこの距離を埋められるのかと思うと気が遠くなる。

「大丈夫ですか」

「あ、はい」

と誤魔化すしかない。大丈夫な筈がないのだ。先ずベッドに仰向けになり、両腕のマッサージ。15分間丁寧にほぐしてくれ、その後、今度はうつ伏せになり両肩をマッサージ。顎の下で両手を組み、肩甲骨の周りをしっかりマッサージし、両肘を上げる。痛いよ！と心で叫ぶ。左肩がかなり痛むが少しずつ深く角度を上げていく――我慢できないんですけど。言葉をのみ込み、我慢することで治りが早くなると信じて耐える。固まっている筋を伸ばさないといけない。これ以上両肘は上がらないというところでストップし、ゆるめてはほぐしを何度も繰り返すうちに、少しずつ上がるようになってきた。今日の最後に、最初と同じように両腕を水平に上げ、腕の内側が耳につくイメージでゆっくり動かす。40度。瞬間的に10度改善した。

「かなり良くなりましたね。もう少しですよ」

……そうかなあー。じゃーいつごろ全快するか教えてよー、と心の声。励ましてくれるのはわかるけど。マッサージの痛さは承知の上だけど、ついつい思い出す。マッサージ前の診察時の注射の痛さ。こんなことを続けても精神的に不健康だし、我慢の限界に来ているのだ。今朝も針から薬を入れる激痛で思わず目をつむり、左肩を下げてしまった。こんなことは初めてだった。女性医師は表情も変えず何も言わずにそのまま続けたが、この痛さをあと何回続けるのか。ああ、地獄だ。

そんな時、追い討ちをかけるように、毎年の花粉症が先ず目から発症した。

その3　光明

すっかり忘れていた毎年の花粉症。２０２０年の今年は、先ず目に違和感があり、ついつい無意識のうちに擦ってしまっていた。２月１日、朝起きて洗面所の鏡を見てビックリ。

しまった！　左目の縁が少し赤くなって腫れている。眠っている間に無意識に擦ったようだ。油断してしまった。毎年のことなのだが、これといった特効薬にはありついていない。それでも、今年の対策は去年の夏から始めた、ビタミンDの摂取と決めていた。去年の4月に溝口徹著『花粉症は1週間で治る！』に出会い、オーソモレキュラー療法の基本を学び、藁にも縋る思いで読み切った。オーソモレキュラーとは分子整合栄養医学だそうだが、そのためには結論として、「決め手はビタミンD！　花粉症を撃退する最強の武器」だと考えた。さまざまな研究によって、ビタミンDには、脳や心臓、腸、血管、筋肉など全身の至るところの細胞に直接働きかけるホルモンのような働きがあり、生命機能に欠かせない栄養素であることがわかってきたようだ。来年のための対策はこれだと、家族にも宣言した。ポイントをレポートにまとめると10枚にもなった。すぐサプリメントを購入し、1日1回のペースで5錠飲んだ。しかし、今回も甲斐なく半年継続してもまた発症だから、これもダメか。ところが、たまたま母親の付き添いで行った耳鼻咽喉科で、花粉症の治療ができるというので鼻と喉と目を見てもらい、漢方薬と目薬を処方してもらったら、何と！まさかこれがよく効いたのだ。ちょっと安心。

ただ、相変わらず左肩は良くならない。どうしようかと逡巡していた時、久しぶりに会った仕事関係の協力先の営業部長から、私にとっては初めての整体師を紹介された。営業

郵 便 は が き

料金受取人払郵便

新宿局承認

7553

差出有効期間
2024年1月
31日まで
(切手不要)

1 6 0-8 7 9 1

1 4 1

東京都新宿区新宿1－10－1

(株)文芸社

愛読者カード係 行

ふりがな お名前		明治 大正 昭和 平成 年生 歳	
ふりがな ご住所	□□□-□□□□		性別 男・女
お電話 番 号	(書籍ご注文の際に必要です)	ご職業	
E-mail			
ご購読雑誌(複数可)		ご購読新聞 新聞	

最近読んでおもしろかった本や今後、とりあげてほしいテーマをお教えください。

ご自分の研究成果や経験、お考え等を出版してみたいというお気持ちはありますか。

ある　　ない　　内容・テーマ(　　　　)

現在完成した作品をお持ちですか。

ある　　ない　　ジャンル・原稿量(　　　　)

書　名			
お買上 書　店	都道　　　市区 府県　　　郡	書店名	書店
		ご購入日	年　月　日

本書をどこでお知りになりましたか?

1.書店店頭　2.知人にすすめられて　3.インターネット(サイト名　　　)

4.DMハガキ　5.広告、記事を見て(新聞、雑誌名　　　)

上の質問に関連して、ご購入の決め手となったのは?

1.タイトル　2.著者　3.内容　4.カバーデザイン　5.帯

その他ご自由にお書きください。

(　　　)

本書についてのご意見、ご感想をお聞かせください。

①内容について

②カバー、タイトル、帯について

弊社Webサイトからもご意見、ご感想をお寄せいただけます。

ご協力ありがとうございました。

※お寄せいただいたご意見、ご感想は新聞広告等で匿名にて使わせていただくことがあります。

※お客様の個人情報は、小社からの連絡のみに使用します。社外に提供することは一切ありません。

部長が五十肩になって治療してもらったのではないが、何でも相談に乗ってくれるし、有言実行の治せる人だと言う。ただし、保険が効かないので高額というアドバイス。治せるんだったら少しぐらい高くてもと、本当に藁にも縋るとはこのことで、扉を叩いた。

S先生はテナントビルの一室で、お一人で営業されておられ、すらっとした60代前半の方。よくある白衣ではなく、きっちりとしたベストやジャケットを着こなすお洒落な紳士然とした風貌をしている。一見して整体師とは見えない。初めてお会いした時にこれまでの半年の経緯を説明して、今も左肩が上がらなくて日常生活で困っているのを実際に診てもらい、ほんの少しでも無理すると激痛が走ることを訴えた。先ず10畳ほどのタイルカーペットの部屋の真ん中に立つように言われ、壁の絵画を見ながら全身の力を抜く。先生は私の後方におられ、私の身体に触れることなく距離をおいている。冬の日本海だろうか、寒々とした荒波の打ち寄せる砂浜の絵だ。曇天のぱっとしない色合いで面白味がない。それを半眼でぼんやり30秒ほど見ていると、あれれ、背中が暖かくなってきてるぞ。同時に誰かが後ろへ引っ張るような。

「あれ？　倒れそう」

「いいですよ。支えますから、心配なく倒れてください」

10度ほど傾くと支えていただいた。

「リラックスした身体に少し気を入れました。準備ができましたので、このベッドに上向きに寝てください」

言われるままに上向きに寝転び、両手両足から力を抜いてダラリと伸ばす。

「はい、目をつむってください」

明るかった虚空が少し暗くなったのは、手をかざしているからだ。しばらくすると顔が暖かくなってきた。血の巡りが良くなっているようだ。

「はい、次に肩と腕をマッサージします」

さあ、とうとうマッサージだな。少し痛くても我慢しないと。すると先生は、先ず左肩をさすり出した。それもカッターシャツの上からだ。10㎝の幅を素早い掌の動作で左肩から二の腕辺りまでさすっている。次に右肩も。いつになったら揉むのだろう。

「はい、次は座ってくださいね」

先生に背を向けて座ると、首の近くから肩を通って二の腕までゆっくり撫で下ろす。左右同時にこれを3回繰り返した後に、また背中に触れずに、気を入れたのだろう、たちまち後ろへ上体が倒れていく。

「そのまま倒れても大丈夫ですよ」

10度倒れると支えていただき、今度は水平になるまでゆっくり倒れた。そしてゆっくり起こしていただき、もう一度、肩から二の腕まで左右同時に撫でていただいた。痛い筈がないのだ。優しくさすったり、撫でているだけなのだから。本当にこれで治るのだろうかと、疑心暗鬼になり始めた。

「はい、終わりました」

「ええ？　先生、強く揉んだりしないんでしょうか？」

「それはしません。立ってみて両腕を上げてみてください」

先ず両腕を横に水平の位置まで上げ、それから恐る恐る少しずつ角度を上げていく。10度、20度、30度、まだいける、痛くないぞ。40度、50度、えーい、80度。痛くない！　治ってるぞ。

「先生、動きます。治ってます。有難うございます」

私は大喜びだが、

「90%ですね。あと2、3回で全快しますよ。無理しないようにしてください」

と、さすがに先生は冷静だな。

「先生のおかげです」

「そうではありません。あなたの自然治癒力を引き出し、その働きを高めただけです。私の、気といわれる生命エネルギーとあなたのそれとをシンクロさせました。このように生命エネルギーを用いて、傷つき、弱った心や身体を癒すことをヒーリングといいます。あなたの大きな自然治癒力を引き出すのが私の役目なのです」

あれから3年が経ちコロナ禍になってしまったが、今も先生には私はもちろんのこと、知人や家族も大変お世話になり、癒されている。最近では、仕事帰りに行くことが多くなり、ベッドに上向きに軽く目を閉じるのが楽しみになってきた。というのも、室内は車や雑踏の騒音が皆無で、微かに聴こえるクラシック音楽は30分前まで仕事に追われてイライラしていたのが嘘のようで、私にとってはほっとする至福の時間だからである。たまに気づかず眠ってしまっていることも……。

2022年の7月。散髪屋Kでのこと。月1回のペースで行っているのだが、5月から5名のスタッフのうち2名が入れ替わっており、初めて30代の女性が1名、スタッフになっていた。その時、その女性スタッフにたまたま当たったのだが、格安で短時間が売りのお店なので特別なことは期待していなかった。後半髭剃り洗髪も終わって、さあ簡単なマッサージだ。大概は肩たたきとマッサージを15秒ほど続けるぐらいなのだろうと思っていると、先ず両肩を大きく深くゆっくり揉み、続いて両手は真ん中の背中を揉み、徐々に上に上がり首までくると、両手で輪っかを作りそれを首に絡めて強く絞るように、ゆっくりと頭の先まで行くと、今度はゆっくりと首のほうに戻していく。最後は再度、両肩を大きく深く揉んで終了。

「凄い、気持ちいい」

思わず口にしていた。散髪屋としては異例の1分ほどの長いマッサージに驚くとともに、こんなに気持ちのいい思いを散髪屋さんでさせてもらえるなんて、誰が想像しただろうか。

奇跡のようなS先生のヒーリングと、散髪屋さんの異例の心地良いマッサージとの素晴らしい出会い。どちらも生活になくてはならないエネルギー源の光明となっている。

それぞれの別れ　5仏

２０２２年1月から23年３月、いろんな方との別れがありました。ビジネスにおいては、異動や中途退職、定年退職、廃業、そして死別。近くでお付き合いのあった方とは、引っ越し、卒業、結婚、そして死別。中でも心に重く伸し掛かるのはやはり死別です。伸し掛かるというのは言葉が適切ではないかもしれませんが、死別によって、その方との出会いや歩みが再度、思い起こされ、それとともに、その方を偲び愛おしむことが増え、大きかったショックも超えさせてくれる。結果として、豊潤な時間が育まれ、まるでシンクロしたような感覚を覚えます。

５人の方とのそれぞれの別れですが、本人はもちろん、周囲の方々との関わりや思い出を綴ってみました。亡き人に敬意を表して。

◎２０２２年１月　ＨＭさん

私の20年来の知人のMさんから、２０２２年１月１日23時15分（元日の夜中）にメールが届きました。母親のＨＭさんのご逝去の知らせです。１ヶ月少し前から、自宅で過ごしたいという願いのため、在宅医療で医師はじめ訪問看護師やホームヘルパーさんにお世話になっていたそうですが、そこに至る心と身体の痛みやつらさは、筆舌に尽くしがたい末期の肝臓がんでした。大晦日から急激に体調が悪くなり、十分な会話もできないまま逝ってしまわれたようです。

忘れもしません、ＨＭさんに初めてお会いしたのは、15年前のあるイベント会場で、私が家族と昼食をしている時です。たまたまMさんも、お母さんと妹さんの三人で一緒に来ていたので、ご挨拶をさせていただきました。スタイルが良くて、顔立ちの整った可愛らしい女性で、実際のお年よりも若い印象でした。その5年後の夏、残念なことに、ＨＭさんの旦那さんが急性大動脈解離のため61歳で亡くなられました。家族で晩ご飯を食べに出かけた帰りの車中だったそうで、私も連絡をもらった時は、あまりの急なことでショックだったのを覚えています。お母さんの悲しみはいかばかりだったでしょうか。旦那さんと再婚して家族で籍を移した矢先と聞きましたが、その後に、Mさんの小さい頃、母子家庭であったことを聞くことになります。

Mさんが4歳の保育園児から15歳の中学生のころまで、お母さんは2人の子供を1人で頑張って育て上げました。子供思いの彼女は、お昼のお弁当を欠かさず作って持たせていました。長女の小学生高学年のMさんが3歳下の妹を連れて、夕刻にお母さんの職場の前まで行き、帰りを待っていたこともあったようです。お母さんは料理好きで、おでんや煮物が得意だったようですし、実家が能登の輪島ということもあり、魚好きでしたが、お肉も好きで、家族一緒に焼き肉や回転寿司をよく食べに行ったそうです。うれしそうな子供たちの笑顔を見ながら食事をするのは、幸せな時間だったのではないでしょうか。また、子供たちを深く信頼していたので、家族の絆も固かったのではないでしょうか。特に旦那さんが亡くなってからは、長女のMさんを頼りにしていたようです。一方で、性格は自由を謳歌する女性であり、鞄や帽子をこだわって集めていたのですが、ブランド品には興味がありませんでした。また、手先が器用だったので、アクセサリーは独学で器用に作り、子供たちにブローチやブレスレットをプレゼントしました。その手先の器用さは、今、彼女の次女が受け継いでいます。

長い闘病生活の兆しは、今から5年前の2018年8月に気付いた右胸のシコリです。H病院で診察を受けた結果、乳がんと診断され、それも意外に大きかったためすぐに手術はできず、抗がん剤治療を半年間続け、翌年2019年3月に手術。がん細胞を摘出するも、すでにリンパ節に転移していました。5月から放射線治療を開始し、2年間入退院を繰り返しましたが、2021年4月に肝臓に転移。抗がん剤治療を再開する前に、少しでも元気なうちにと旅行を計画し、家族4人で1泊旅行をしたそうです。ペットのチワワも家族の一員として参加したとか。その後、抗がん剤治療を継続しますが、なかなか効果が出ず、とうとう9月に投薬治療に切り替えました。

しかし甲斐なく、がんは身体を蝕み、やむなく治療を中止し、11月に苦痛を和らげる緩和ケアを受けることに決心したのでした。長く苦しくつらい闘病生活を続けるよりも、残り少ない日々を家族と一緒に楽しく過ごしたいという思いで、頑張り続けました。最後の1泊旅行は亡くなる1ヶ月前の12月5日でした。湯上がりの顔はとても健康そうで、いつもより食欲はあったようです。

お母さんの最後の言葉は、「ゆっくりしたい」です。その数時間後に様子を見に行くと、すでに静かに旅立っていかれた後だったそうです。

『いろいろ気遣ってもらって、お世話してもらってありがとう。苦労掛けたね、疲れたでしょう、もういいよ。長い間、本当にありがとう。あなたたちはしっかり生きてね。輝いてね。幸せになってね。そして、ごめんね。さようなら』

そんな愛情を包み込んだ、お別れの言葉だったような気がします。

一周忌を終えたMさんと会う機会があり、その時の様子を聞かせてもらい、驚きました。生前のHMさんは、お正月のおせち料理と一緒に茶碗蒸しを作られていたそうです。そのサイズは普通の器の3倍だそうで、この美味しい味が忘れられなかったMさんは、1ヶ月前からレシピを試行錯誤した結果、何とか完成させ、2023年1月1日の一周忌の法事の後、妹さんと2人で食べたところ、妹さんは、

「お母さんの味や！」

と感動してくれたそうです。お母さんが降臨して、命が繋がったような気がします。

享年72歳、合掌。

◎2月　MYさん

MYさんは私の田舎の家が檀家であったお寺のご住職であり、私より5歳上の姉と同級生でした。特に私は、父が5年前に亡くなった時に喪主を務めさせていただいた関係で、通夜、告別式、初七日、満中陰、月命日、一周忌、三回忌と大変お世話になりました。そして2022年の1月の月命日が住職の都合で先延ばしになった矢先、急な入院と聞いてお見舞いにと思いましたが、コロナでそれも叶わず。そんな中での、本当に突然の訃報でした。

「ええ?　なんで?　この間まで元気にお勤めしてくれてたのに」

私の母親の言葉が印象的でした。朝から雪のちらつく寒い昼前、両手で杖をつく90過ぎの母親を連れてお悔やみに行き、ご遺体に手を合わせましたが、今にも起き出して、

「こんにちは。お変わりございませんか」

と低音の美声を聞かせてもらえそうなぐらい、いつもと変わらない色艶のお顔だったのです。

「帰命無量寿如来……」

ご住職が唱えると、皆がそれに続いて唱和します。

「南無不可思議光……」

5年前から月命日の度に、田舎の狭い仏壇のある部屋でご住職の唱える正信偈（しょうしんげ）を、家族5人が同じ抑揚で声を合わせるのは楽しかったというか、催眠術をかけられているかのような高揚感があり、うっとりして自分の声にも力が入ったりしました。他の場所でいろんなお坊さんの読経をお聞きしましたが、今のところ、MYさんを超える人がいません。読経の力は凄いんだなあと思います。

過去から数え切れぬほど家族で正信偈を唱えてきましたが、5年前の4月、春とは思えぬ霙降る非常に寒い日に行われた私の父親の満中陰法要の時にも、この読経の中、亡き父を思い出しながら、仏教の独特の世界に引き込まれました。その時、ご住職から正信偈の内容を初めて教えていただきました。はっきり覚えているのは、親鸞聖人がみ教えを簡潔に示された讃歌であり、内容においては、インド・中国・日本の7人の高僧の導きのお話でした。深く感銘を受け胸が熱くなったのを覚えています。インドの聖者、龍樹・天親（てんじん）、中国の曇鸞（どんらん）・道綽（どうしゃく）・善導、そして日本の源信・源空の高僧。経本に鉛筆で印をつけながら、

話を聞いていました。30人を超す親族が集まりましたので、ご住職のお寺の本堂をお借りしての法要でした。ご住職は最後に、

「お寺の行事の時よりも、こんなに大勢の方が参られ、また孫ちゃんやひ孫ちゃんの顔も見受けられ、TKさんもさぞかしお喜びではないかと思います」

と、亡き父への心のこもった暖かい言葉をいただきました。

お寺はご住職の幼少の昔から保育園代わりに子供たちを遊ばせたり、書道教室のために広い本堂や庭を開放していたので、私も駆けずり回った思い出があります。
ご住職のお父さんは早く亡くなられたため、お母さんが長い間、住職をなされていました。私が小さい頃、祖父や祖母の法要の時にいつもお勤めされていたお母さんも美声だったと記憶しています。お母さん譲りの背筋をしゅっと伸ばしてお腹から声を響かせた凛としたMYさんのお姿は、お坊さんの鑑のようでした。お寺を守りながら小学校の先生としても教鞭をとり、校歌の作詞も手掛けられた校長先生でした。『緑に映える学びの庭に明るい声がこだまする』（吉野北小学校校歌から抜粋）
檀家の人たちや子供たちのために自らを顧みず、ひたむきに生きたのだと思います。
最後に満中陰のお礼のご挨拶に記した拙句で、感謝の意を表したいと思います。

満中陰　霙舞い飛ぶ　寒さかな
亡き父の　ご縁に集う　満中陰
正信偈　行き先灯す　七高僧
孫ひ孫　微笑み返す　釈教願
上市の　父の足跡　山川に
一度の　瞬き惜しむ　花吹雪

享年73歳、合掌。

◎11月　ＫＳさん

ＫＳさんとは新しいビジネスの展開を期待して、５年前の２０１８年7月に初めてお会いしました。当時75歳の元社長。機械装置製造の技術者でアイデアマンでもあり、新技術の開発者です。ピーク時は20名ほどの社員を抱えた工場もあり、他の工法では真似できない3次元の技術は、大手上場企業の技術者や役員も日参して、装置の開発と試作に共に取り組んでおられました。昨年5月に私の出版した随筆集にも書きましたが、我々の会社がその技術の装置を販売することを了承していただき、展示会出展のアドバイスをいただいたり、お客様のところへ一緒に出張していただいたりと、いろんな無理を快く聞いていただき、大変お世話になりました方です。

正直、性格はワンマンで、ちょっと気に入らないとお客様でも頭ごなしに罵倒するという、本人から武勇伝を沢山聞かされた覚えがあります。75歳にしては腰がまっすぐで、背が高く毅然とした話し方をされ、親しみやすい雰囲気の笑顔の持ち主でした。若い時はスポーツマンで、水泳やゴルフが得意であったと伺っていました。欠点は突然怒り出すことで、周囲の者を唖然とさせることもあったと聞きました。

こんなことがありました。初めてお会いして半年ほど経ったある日、私と営業の2人で、装置の見積もりと試作の依頼にお伺いした時に、KSさんと元部下の方が並び、テーブルを挟んで対応していただきました。試作の方法をホワイトボードに記載しながら、2人があぁでもないこうでもないと協議している最中、急に彼の語気が強くなり、

「この方法でできる筈だからやってみろよ」

と指示してきますが、元部下は、

「そんな方法ではできっこないですよ」

と、頑として認めません。すると、

「やれ言うたらやったらええねん。ごちゃごちゃ言うな。何も知らんくせに」

と怒鳴り声。新しいお客様が前に居ようと居まいと関係ないようで、なるほどな、こういう事なのかと納得させられ、以後、時々こういう光景を見せられました。


開発技術の説明になると時間を忘れて話し続けるので、2時間ぐらいあっという間に過ぎてしまいます。愛用の鞄からは過去の技術資料やサンプルが続々と出てきました。まだまだ情熱は沢山お持ちで、あれをやりたい、これを極めたいという夢を何度も聞かされました。

また、コロナ禍でも、お客様が技術の見学に来られた時は、装置や過去の実績サンプルの説明を分かりやすく熱心に説明していただけました。


亡くなる2ヶ月前には、開発現場のミーティングの帰り際、オペレータと親密に肩を寄せて話し合っているなあと思っていると、急に私に握手を求めてこられ、意外にも力強い握りで、

「これからもお願いしますね」

が対面での最後の言葉でした。メガネの奥の目が潤んでいたように思います。

その時は確か、糖尿病を患い、歩くのに杖を突き食欲が全くなく、近々入院すると聞いていましたが、1ヶ月もすれば退院できると伺っていました。


40年間の技術研究開発の取り組みとしては、近畿経済産業局の委託による大阪大学や大阪府立大学、兵庫県立大学とのプリンテッドエレクトロニクスにおける微細3次元配線や、高効率有機薄膜太陽電池の量産化技術の開発などで実績を上げ、多くの特許も取得されました。これらはほんの一部であります。多くの大学や企業との共同開発の研究には積極的に参加し、課題に関しては前向きに諦めず取り組む姿勢をお持ちでした。

今後は、KSさんの遺志と技術を継承し発展させていかなければなりません。そうしなければならない技術であると思います。

亡くなる5日前に実施したWebミーティングでの映像と声が最後でしたが、この時は、退院後の姿であり、これから養生して回復に向かうだろうという印象を誰もが持っていました。それだけに、突然の訃報に関係者は一様に驚きを隠せませんでした。誠に残念でなりません。

享年80歳、合掌。

◎12月　YSさん

午後1時過ぎ、家内からのLINEを読もうとすると、手に取った携帯電話が鳴り出しました。5歳上のS姉からです。え？　珍しい、どうしたんだろう？　嫌な予感。会社のデスクで座ったまま、先に電話に出ました。

「聞いてる？　Yさんがさっき病院で亡くなったって。私らは今からH病院へ行くよ。あんたはどうする？」

矢継ぎ早に話す姉の声に頭が回りません。今月いっぱいと聞いてたけど、早かったなあ。Yさんは私の1歳上のM姉の旦那さんで、私の3歳上の義兄になります。がんで2年前から入退院を繰り返していました。

「連絡有難う。調整してまた連絡するわ」

一旦電話を切り、家内からのLINEを見ると、やはり、Yさんの訃報でした。ちょっと席を外して部屋を出てから、家内に電話しました。

「急やったなあ。仕事片付けて15時頃にK駅で待ち合わせしようか」

「H病院を14時に出発して、葬儀場に向かうらしいよ」

「K駅から直接、葬儀場に行こう」

「了解、大丈夫。それまでには事務所の仕事も片付くからそうしましょう」

家内との電話を終えてからS姉に電話して、葬儀場で会うことにしました。私とM姉は家が近いのですが、S姉は、車で1時間弱のところに住んでいます。


葬儀場に着いてM姉とも会い、控えの和室にはご遺体が安置されていましたので、打ち覆いを取り、S姉夫婦と私と家内の4人で故人と対面いたしました。もともと痩せた体格だった上、1ヶ月前に自宅療養していた時は食事がほとんどできなかったと聞いていたものですから、顔を見るのがつらかったのですが、半年以上会ってなかったにもかかわらず、肉付きのある艶のある顔で、ほっとしました。

嫁いでいるM姉の子の家族4人とYSさんの兄弟2人は、コロナと遠方のため、明日の通夜には間に合うように来るとのこと。コロナ禍、家族葬が当たり前になっているものの、M姉は付き合いが広いから、友人関係が多く来そうですが、義兄は会社関係が大半でしょう。義兄のS家の兄さんと弟さんは、やはり姿形はよく似てはいますが、特に弟さんはよく喋る人でびっくりしました。兄弟でもこんなに違うものなんだと、ちょっと感心しました。

義兄は私に似て人見知りするほうで、多くを語ることはなかったようですが、会社では後輩の面倒見が良く、お客様に信頼の厚いベテランであり、今年2月まで勤め上げた貴重な存在だったようです。決して自慢したりしない謙虚さが好感を持たれたのだと思います。一方、お酒が大好きで強かった印象があります。何故かS家の兄さんも弟さんもお酒は飲みません。若い時には、退社後、どこで飲んでいたのか血だらけで（記憶が飛んでいるので原因分からず）電車で帰宅してきたり、警察のご厄介になったことも何度かあったと聞きました。また、私の父親が存命中は、お正月ともなると元日の午後からうちへ家族皆で来られました。我が家は皆下戸のため、義兄は黙々と1人でビールを飲み、おせちには少しだけ手をつけるだけでしたが、私の子供たちには声をかけて打ち解け、笑っていたのを思い出します。6時間飲み続けた帰宅時には立ち上がれなくなる時もあり、彼の娘夫婦の肩を借りて車に乗せてもらっていたこともありました。また、こんなこともM姉に聞きました。運転免許を取らなかったのは、M姉が運転する隣でお酒を飲みたかったからだそうです。車で旅行に行った時の一番の楽しみは、途中休憩するサービスエリアで真っ先につまみとお酒を買って飲むことですし、観光地ではM姉の目を盗んでは、地酒を素早く見つけて買うことだったようです。義兄のしたり顔が浮かんできます。

慌ただしく通夜、告別式、火葬場でのお見送りとお骨拾い、そして初七日法要が無事終了しました。出棺前の故人との最後の別れは、さすがに胸にグッとくるものがありました。それまでは終始笑顔だった義兄の兄弟の目にも涙が溢れ、M姉が最後に花で埋め尽くされた仏様にビールをかけてあげてたのが印象的でした。近しい親族として、遺体に触れたり、納棺、出棺、火葬場での火入れの立ち合いとお骨拾いをさせていただきました。

年齢的に近いので、いろいろ考えさせられます。これからの人生をどう生きるのかを問われているようですが、こんな風に思い出しながら、記録することも大切なことではないかと思います。故人について考える濃密な時間だからです。

今年1月の満中陰でお坊さんが最後に仰っておられました。

「先立たれたのは悲しいですが、この満中陰を機会に、ゆっくりあなたのペースでお参りしてください。故人はあなたの人生が光り輝くのを楽しみにして見守っています。ぜひ、人生を光らせてください。南無阿弥陀仏」

享年71歳、合掌。

◎2023年3月　TOさん

戒名、釈清敏。遺影は青空の下で帽子をかぶり、眩しそうに目を細めて微笑んでおられます。菖蒲の花を見に行かれた時のものだそうです。私の家内のお母さんですが、私はコロナ禍の3年間お会いすることなく、2022年7月に家内が介護のため実家に行った時に撮ってきた写真には驚かされました。すっかり変わってしまっていたからです。お母さんのイメージは、

「孝男さん、よく来てくれたわね」

と、元気な声を掛けてくれる、いつも笑顔の明るくてちょっとお茶目な姿ですが、写真はまるで正反対。下向きの暗い表情で、生気が全くありません。食欲もなく、もちろん自分で料理も作れませんし、お風呂も一人では入れません。電気こたつに身体ごと突っ込んで、着替えもせずに寝てしまっている様子。コロナ前から両親だけの2人暮らしでしたが、お父さんは難聴のため、補聴器をつけていました。そんな折、新型コロナ感染症の流行と同時に、両親とも軽い認知症になってしまいました。誰かが介護しないと、薬もちゃんと

飲めないし、病院へも行けません。ヘルパーさんも困り果てていたので、家内はお兄さんと相談し、両親に言い聞かせては、病院へ連れて行ったり、お風呂に入れたり、1週間の飲み薬をカレンダー式に並べて一目でわかる工夫もしたようです。

お母さんは、女3人、男1人の4人兄弟の一番年上の長女として昭和6年大阪で生まれ、母親譲りの勝ち気で明るく、かつ思いやりのある女性に育ちました。13歳の時から3年間笠間に疎開し、母親の背中を見て、苦労を学びました。働くとは、「傍(はた)」を「楽(らく)」にするということを、実感したことでしょう。女学校卒業後は、妹たちの面倒をよく見て、その頃に習っていた洋裁の腕で2人にお揃いのおしゃれな洋服を作ってやりました。また、授業参観にも母親代わりとして出席し、日本髪を結い、着物を着こなす若い美人として父兄の間では評判だったようです。当然、先生方の間でも有名になりました。さらに、昭和一桁生まれに共通する頑張り屋さんなので、父親の仕事の手伝いで重い金属の商品も男勝りの腕っぷしの強さで男性並みに運び、大八車を後ろから押したり、自転車の前輪が浮くほど後ろの荷台に商品を乗せて走っていたそうです。新規のお客さんの開拓もやり、営業実績も上げました。そんなこんなで、家族の皆から頼られる存在だったのです。

父親の仕事のアシスタントを募集した際に来られたのがお父さんで、その時に初めて2

人は会ったそうです。お父さんは俳優の池部良似のイケメンで（家族談）、大恋愛（故人談）の末、22歳で結婚となりました。結婚後は、主婦業に専念して2人の子供を育てましたが、お父さんが一念発起して大手企業に再就職してからは、引っ越しの連続となりました。先ず、家内が幼稚園の年長のときに静岡に転勤となり、家族みんなが引っ越しして社宅での生活になりました。その7年半後に、新築のマイホームを建てるのですが、生憎半年後に今度は広島へお父さんが単身赴任。転勤族にはあるあるです。さらに1年後、家内の中学卒業時に家族で広島へ引っ越しして借家住まい。その4年後にまたまた大阪へ転勤。ようやく元に戻ってきて定年を迎えました。

その20年間、子供たちは学校へ、お父さんは会社へ行っている間、お母さんは専業主婦として家庭を守っているだけではありません。八面六臂の大活躍をしたのです。特に静岡の社宅生活では、近隣の人からの依頼で洋服の仕立てから裁断、縫製を引き受け、家事が終わり、子供たちを寝かしつけてからでも、夜なべで頑張っていました。器用な人で、一度教わったら忘れることはありませんし、工夫して楽しくやっていたようです。

そんな裁縫も、家内が中学2年生になると、突然ピタッと辞めてしまいました。次は大手の化粧品メーカーの美容部員（今でいうメイクアップアーティストの前身）として、お客様の自宅へ訪問し、マッサージやケアをするようになりました。広島でも引き続き同じ美容部員をしつつ、さらに美容に関する相談にも乗ってあげていたのが、お客様に大変気に入っていただき、指名で化粧品も買っていただけるようになりました。さすがは浪速育ちの3姉妹の長女。お客様を気持ちよくヨイショするのが得意で、売り上げもアップし、もちろん実入りもアップ。意気揚々と、運転手付きの営業車に乗った営業ウーマンです。高度経済成長期が生み出した自立する女性というか、時代の最先端を走っていた人だったと思います。生活環境も整っており、家庭には当時の新3種の神器のうち、カラーテレビと自動車があり、週末には家族で日帰りのドライブ。静岡での9年半は、日々変わる富士山の素晴らしい景色が心を癒してくれたのではと思います。

お母さんは曲がったことが大っ嫌いな人でした。家内が中学生の時、溝に足を取られて捻挫したので、学校へはしばらくタクシーで送り迎えをしてもらっていたことがあったそうです。ある日、迎えを待っている間に友達と鬼ごっこをしていたのを運悪くお母さんに見られ、しまったと思う間もなく、

「自分一人で歩いて帰りなさい」

と鬼の形相できつく叱られたそうです。怖かったなあと、家内は今でも言っています。

こんなこともあったそうです。家内は小学校高学年の時に、メンバーのほとんどが男子の地域のソフトボールチームに入団していました。ライトを守り、バッティングもそこそこだったのですが、ある負け試合の後、他のメンバーから「お前のせいで負けた」と責められたそうです。まったく理解できず、帰宅してお母さんにそのことを報告すると、涙ながらに、

「あなたは絶対間違ってない」

と言われたのが印象的だったそうで、家内以上に悔しがっていたそうです。

2月7日に脳内出血で倒れK病院へ緊急搬送。直ちに手術が行われたのですが、コロナにも感染していたため、なかなか面会が叶わず、2週間後にやっと会えた時のことを家内が克明に記録していましたので、そこから抜粋します。

『……母は少し目を開けたので、「お母さん、かおるやで、わかる?」と大きな声で話しかけたが声が出ない。口元は「かおる」と動いたように見えた。呼吸がまるで鼾のような大きな音。え? 大丈夫なん? 心配になる。母の手の近くに私の手を持っていくと、母は私の手をギューッと握った。すごい力! え? 怒ってる?「どうなってるの? これは何? 私はこんなことを望んでない! しんどくて辛いよ!」と手の握りから色々なこ

とを感じた。「ごめんね。ごめんね」そんな言葉しか出なかった。……』

私は後々考えるに、TOさんは倒れてから意識がなくなり、2週間後にやっとはっきりと意識が戻り、ふと気が付くと目の前に娘が居た。しんどくて辛い半面、懐かしさと嬉しさで思わず手に力が入ったのだと思います。「来てくれたんだ。有難う、有難う」そのような思いだったのではないでしょうか。

通夜にはお母さんの4人の孫や3人のひ孫も集い、また、お母さんの2人の妹家族の子供や孫も、それぞれ皆が久しぶりに会う機会となり、にぎやかな会となりました。そんな輪の中に、何故かときどきお母さんの声が聞こえるのです。ドキッとして振り向くと、お母さんの10歳下の妹さんがしゃべっておられ、そっくりな声に聞き入ってしまいました。その元気で快活な声に、お母さんの在りし日の姿を思い浮かべずにはいられませんでした。悲しい日ではありましたが、やはり姉妹って凄いなあと思い、嬉しくもあり、懐かしさもこみ上げてきました。

そうなんです、お母さんのとびっきりの笑顔が忘れられません。激動の人生、お疲れさまでした。

享年92歳、合掌。

友とシンクロ

保之君は保育園、小学校、中学校、高等学校の同級生。小学校から黒縁近眼メガネをかけていた、一見、勉強の虫のような奴で、田舎の僕の家から500mほど離れた大衆食堂の次男だ。地域の同級生は60名ほどで、保育園は3クラス、小学校は2クラスだったのに、一度も同じクラスになったことがなく、中学校は地域が広くなるので9クラスだからか会わずじまい。人伝（ひとづて）に聞いたのだが、小学生の頃の彼は子供のわりには将棋が強かったそうだ。お母さんが切り盛りしていた大衆食堂は、近所にあった警察署の職員たちが常連で、その人たちを相手に将棋を指しては、よく勝っていたらしい。しかし、一度も一緒に遊んだことがなかったので、その頃の印象は薄かった。中学生の時の印象は〝変な奴〟だった。これも人伝だが、英単語を覚えるのに、英和辞書の覚えたページをちぎっては食べていたとか。噂に尾ひれがついたのだろう。通学時に自転車に乗りながら、左手に教科書を開いていたことがあった。それも前のめりになってスピードを出しながら。これは僕が実際に見たのだが、危なっかしいのと、そんなことをしても読める筈がないと、鼻で笑っていた。

同じ高校に通学することになり、ようやく顔見知りになると、趣味や勉強の目的がいろいろ重なっていることがわかった。さらに親密になると、よく笑う明るい性格をしているのがわかった。

通学の行き帰りは同じ電車。行きは最後部車両、帰りは先頭車両と決めていた。2人ともクラブ活動はせず、いわゆる帰宅組だ。僕たちは山間部に住んでいるので、平地の町の高等学校へ行くのに1時間半もかかった。同じ中学校からは4名だけ。自宅から5分間自転車で走り、最寄り駅から電車に55分間乗った後、別の路線の電車に乗り換えて、25分間乗り、下車後5分歩いて学校へ行くというのが通学ルートだった。特に行きは乗り換えてからの電車が、ちょうどラッシュアワーなので、降りる時は必死だ。ある時、僕は先に降りて彼を扉近くで待っていると、その内側近くでしゃがんで何かを探している。よく見ると彼の右手には、鞄の持ち手だけがあって本体が床に落ちている。彼は悲鳴まじりに、

「ええ？　待ってや、待って！」

「早くしろや、扉が閉まってしまうで」

やっとのことで鞄を拾いあげて降りてきた彼の顔は、茹でダコのように真っ赤になって

いて、口を丸く突き出してぼやいていた。笑いが止まらない。電車の中では、ほとんど勉強をしていたが、毎週水曜日がお気に入りの「週刊少年マガジン」発売日なので、帰りは、彼が買ってくるそれを、2人並んで一緒に読み耽っていた。2人ともが一番没頭していたのが『ワル』。原作は真樹日佐夫、作画は影丸譲也。「ワル」と呼ばれる主人公の氷室洋二が、名門高校を舞台に剣術の腕と智略で闘う学園ハードボイルド劇画だ。氷室の強さ、頭の良さがカッコよく、先ずこの漫画を必死で見てたなあ。何もできない自分たちに代わって、悪者退治してくれる「ワル」に爽快感を味わっていたのだ。

学校からの帰り、たまに乗り換え駅で途中下車して、2人で3玉入りの「ビックリうどん」を食べたが、先ず器の大きさに驚かされ、山菜と大きな油揚げ2枚にニンマリ。出汁を飲み干し超満腹。寒い冬に何度か寄った。また、彼の90ccオートバイで学校まで行くとルール違反になるので、乗り換え駅までの往復を乗せてもらった。ヘルメット不要の時代だから、髪の毛がバサバサになって困ったし、トンネルの中が、車の排気ガスでしんどかったなあ。家の手伝いのため、割と早く2輪免許を取っていたのだ。

2階の8畳の和室が彼の部屋だ。部屋に入って左奥に、外の道路に向いた膝ぐらいまでしかない敷居の高さの窓ガラスに面して勉強机があるが、今日は部屋の真ん中に大きな座卓を用意してくれている。彼と僕は向き合う形で、勉強している。昭和45年の夏の夜は、Tシャツに短パンでも、扇風機を強風にしないとやってられない暑さだった。もちろんエアコンなどない時代だ。高2の僕たちはともに理系の大学を目指しているが、2人とも数学が得意なので、意気投合して一緒に勉強することになった。将来の夢と言われても、具体的な職業はイメージしていなかったのだが、漠然と科学者かエンジニアだろうか。僕はまだ、小学生の時に夢見たロケット科学者が頭の隅にあった。大学入学後、もろくも夢は崩れるのだが……。だけど、彼の夢は聞いたことがなかったなあ。

彼とはクラスは違うが、同じ数学担当の川端先生に感化され、岩切晴二著の『数学精義』という参考書の問題を解いている。岩切晴二（1893―1975）は、戦前から戦後にかけて出版された、受験勉強の枠を超えて数学教育上認められていた受験数学参考書『数学精義』を300万部のベストセラーにした。この参考書に魅せられた川端先生は、50代なのにすでに頭髪が少なく、おでこが頭上まである。太い黒縁メガネをかけて細身で、きっちりネクタイをしている生真面目な先生だ。授業開始の3分前には教室の扉の外でいつも待機されていた。さらにフリーハンドの嫌いな方で、大きな木製の三角定規2枚とコンパスを脇に抱えておられた。先生は授業の合間に、よくデカルト著『方法序説』の話をされた。

「良識はこの世でもっとも公平に配分されているものである」（小場瀬卓三訳）という言葉で始まっているらしく、毎回その部分を読まれるので覚えてしまった。良識という言葉も初めて知った。

「正しく判断し真偽を弁明する能力――即ち理性――は生まれながらにしてすべての人に平等である」

ということらしいのだが、先生は何を言いたかったのだろうか。数学と同じで、論理の組み立てが好きだったと思う。デカルトはその後、思想の独立を宣言すると同時に、「我思う故に我あり」の懐疑主義に到達する。

もう一つエピソードがある。この年の秋の修学旅行でのこと。2日目の夕刻、熊本県の阿蘇山周辺の高原道路をバス9台連ねて宿泊ホテルを目指して走っている時にそれは起こった。信号もないのに急に停車し、先ずバスガイドさんが降りて行き、しばらくして戻ってくると今度は担任の先生と一緒にアタフタと前方のバスの陰に消えた。半時間してバスガイドさんが戻ってこられ、交通事故があったとだけの情報だったが、1時間ぐらい経ってから担任の先生がやっと戻ってこられ簡単な説明があった。

「バスが人身事故を起こしました。今から宿泊ホテルへ向かいますが、そこで事故の説明を学年主任の先生からしていただきます」

と神妙な面持ちで伝えた後、バスはゆっくりと動き出した。皆無言だ。それは事故を起こした2台前方のバスを避ける時に見えてしまった。道路いっぱいに広がった血……。自分の顔から血が引いていくのがわかった――ああ、もう駄目だ。気分が悪い。このまま帰郷したい――。

ホテルに着きすぐさまロビーに集合した400名の生徒の前で、学年主任の川端先生が途切れ途切れだがゆっくりと説明された。

「地元の小学生の男の子がバスに轢かれました。今、病院で治療を受けています。……本人は……頑張っています。……ご両親も来られ、寡黙に神にお祈りしておられます。……みなさん、クリスチャンの人もそうでない人も一緒に祈ってください。彼の命を守るために……」

嗚咽をこらえて絞り出した言葉に、事の深刻さを感じ、みんな手を合わせて祈った。私は見たこともないその先生の必死の姿に感動した。翌日の朝食後の会場で、また川端先生から連絡があった。ご両親からの電話で、子供さんは祈りの甲斐なく未明に亡くなられたが、それでもご両親はお礼を申しておられたそうだ。後に知ったのだが、英語の色黒の男の先生が事故直後真っ先に子供のそばへ行き、血を止めるため服に付着するのも気にもかけず処置し、抱き上げて病院に運んだと聞いた。尊敬できる人間味ある先生が大勢いたのだ。

　話が脱線したので戻るが、彼と意気投合といっても本音は自慢のし合いだ。この参考書は入試の過去問が多く、有名大学の問題を解くことで受験生に自信をつけるのが狙いだ。川端先生は授業中にこれを教科書の補足に使われている。この参考書の底が、どれだけ手垢で汚れているかも自慢し合ったものだ。

「おい、今から問題の出し合いっこをしようや。10問作ってそれを交換し、45分間で解くっていうのはどうや？」

　僕が提案すると、

「いいやん。面白そうやん。それやったら、計算問題5、図形問題2、文章問題3でどうや？　その方が平等に作成しやすいし、勉強になるで」

　彼は単純には返してこない。こまっしゃくれた奴だ。

「何が平等かはようわからんけど、いいんやない。よっしゃ、今から30分間で作成や。よーい、ドン！」

「よっしゃー、それ！」

　30分後、できた問題用紙を交換して、時間内に解いていく。プライドのぶつかり合いだ。

相手よりも圧倒的に早い時間で、かつ、正確に計算する。最も大事なことは答えではなく、答えを導く手順の分かりやすさ、美しさだ。これが川端流なのだ。定規と鉛筆と消しゴムは必須だ。なので、最低3本の鉛筆の芯先は削ってある。シャープペンもあるが、筆記している時に芯がよく折れるし、これでは解答のリズムが崩れるので駄目だ。45分後、答え合わせをする。彼が唸っている。

「ムムム、全問正解」

「こっちも、全問正解。勝負がつかんなあ」

互いに『数学精義』から出題しているので、手の内がばれている。

「なぁーんや。じぁ、相撲しよう」

突然、提案してきた相撲ごっこ。彼は負ける筈がないと高を括っている。飛んで火に入る夏の虫だ。2時間勉強に集中して、くすぶっていた何かが弾けたようだ。

「ああ、ええよ。おれは左利きやから、お前の右側に頭を入れるよ」

「好きなように組んだらええよ」

僕は上背は負けているが、意外と相撲は得意なのを知らないようだ。好きなように組ませてもらう。8畳の間が土俵で、座卓を片付け真ん中に座布団を置き、これが仕切り線。相手の短パンの端を摑むのだが、指が離れにくいように短パンの端を巻きつけて、行司の掛け声と共に僕は胸板を合わせて押し込み、相手が押し返してきたところを、下手投げ、または身体を開いて下手出し投げという作戦だ。僕はちょっと相撲に詳しいのだ。

「ばんかずも取り、進みましたるところ、かなたタコの海、タコの海〜、こなたカメの花、カメの花〜。この相撲一番にて、本日の打ち止め〜」

彼は口の形をよくタコのようにするので、あだ名はタコ。僕は苗字がカメダだからあだ名はカメだ。互いにあだ名で呼ぶことはない。

「ええで、ええで。次や次」

彼が面白がっている。

「構えて」

「はっけよういー、のこった！」

作戦通り両手に力を込めて、少し吊り気味に押していく、案の定、押し返してきたところを、下手投げと思ったが、案外、押し返す力が弱く、相手の勢いを利用できない。ならば、右手で上手投げをかけ、身体を揺さぶっておいて、また左から身体を開いて下手出し投げをかける。が、かからない。上半身が柔らかく、まさにタコのようでこちらの力が伝わらない。これが、あだ名のタコのようだ。仕方なく胸をこちょこちょすると、

「ぎゃー」

と叫んで座り込んだ。と思うと、僕の膝をペロペロ。

「ひぇー」

気持ち悪くて鳥肌が立ち、尻もちをついた。彼は運動神経がいいのかもしれない。

「引き分けやな。仕方ない、最後にどちらが遠くへおしっこを飛ばせるかで勝負や」

何を言い出すかと思えば、玄関の屋根瓦の方はさすがにまずいので、隣の路地の方の屋根瓦へ、誰も見ていないのを確認して、

「せーの、それ!」

「行け行け、そーれ!」

「ハハハハハハ」

「やすゆきー。もう11時やでー」

「はーい」

大慌てでナニをひっこめ、

「もう帰るわ。あした漫画本の発売日やから、明後日貸してや」

と、帰り支度をしながら依頼。

「OK。あらすじ教えて欲しかったら言いや」

「そんなん聞きたないわ、アホか」

「アホや」

「ハハハハハハ」

漫才は終わらない。こんな調子なので、勉強してるのか、遊んでるのかわからない間に終了。時間は止まらず、後戻りもせず、進むのみ。

「せやせや、土産にええもん見せたるわ。ちょっと待ってや」

襖を開けて隣の3歳上の男前な兄貴の部屋に行き、何か物色している。

「あったわ、これやこれ」

覗き込むと週刊誌だ。そのグラビアページの女性のビキニ水着姿を指差して言う。

「凄いやろ」

「好っきゃなあ、俺も好きやけど。やめとこ、今は受験生やから、あかん、あかん。じゃあな」

「バイバイ」

「おばさん、有難うございました」

「お構いもせんと、ごめんね。また来てや」

「はーい」

えらいものを見てしもうたなあ、夢に出てきませんように。くわばらくわばら。つぶやきながら家路につく。見上げると、おー、天の川がきれいだ。

保之君に捧ぐ「頑張れよ！」　友より

あとがき

前回出版の『サラ日々・断片』は経験したことや感じたことの事実を執筆しましたが、今回は少し創作にチャレンジしてみました。話の展開にいろんな可能性があり、思いもよらないアイデアが生まれます。これはこれで非常に面白いのですが、信憑性がなくなるとつまらなくなるので、裏付けのための調べものが増え大変でした。しかし予想外に気に入り今回の出版の目玉の一つになりました。まるで本当の経験談みたいと感じていただけたら幸いです。

もう一つ特筆すべきは、創作とは真逆の実在の個人のことを突き詰めたことです。顔見知りの方たちが続けて亡くなられたこともあり、書かずにはいられませんでした。私の勝手な思いにもかかわりませず、親族の方々にはインタビューや出版のご承諾をいただき、誠に有難うございました。お陰様で思っていた以上の素晴らしい人生を垣間見ることができました。お礼申し上げます。一生忘れずにしっかり記憶しておきたい故人ばかりです。最後は友との青春の一ページ。肩の力が抜けたフランクな心の楽しい時間が、忘却の彼方の出来事もタイムスリップしたように思い出させてくれました。時間がしばらく止まっていたように思います。

今回の出版も文芸社の砂川様、西村様には大変お世話になり有難うございました。大きくステップアップできたと思っています。

出会いとシンクロに感謝！

未来に向かって、

「ＤＯ　ＯＵＲ　ＢＥＳＴ！」

著者プロフィール

亀田 孝男（かめだ たかお）

1954年　奈良県吉野町に生まれる。
1972年　福井大学工学部電気工学科に入学し、ヨット部に入部。
1978年　同大学を卒業し、大阪市本社の日本アーツ株式会社に入社。
1984年　結婚。
現在、奈良県橿原市に居住し、母、妻、次女の４人暮らし。

著書

詩集『森の夢 跳躍』（2008年、文芸社ビジュアルアート）
『サラ日々・断片 ―風に向かって―』（2022年、文芸社）

出会いとシンクロ

2023年10月15日　初版第１刷発行

著　者　亀田 孝男
発行者　瓜谷 綱延
発行所　株式会社文芸社
〒160-0022　東京都新宿区新宿１－10－１
電話　03-5369-3060（代表）
03-5369-2299（販売）

印刷所　株式会社フクイン

ISBN978-4-286-24525-6